JASON DARK

JOHN SINCLAIR

Die Werwölfe aus Atlantis

Herr der Schattenburg

JASON DARK

JOHN SINCLAIR

Die Werwölfe aus Atlantis

Herr der Schattenburg

Covergestaltung: Wildes Blut, Atelier für Gestaltung
Stephanie Weischer
Coverabbildung: © fotolia

Die Werwölfe aus Atlantis

Sie blieben neben einer Mauer stehen. Irgendjemand hatte den Verputz teilweise abgeschlagen und das rohe Ziegelsteinwerk freigelegt. Die grauen Reste lagen vor der Mauer und hatten dürres Buschwerk mit ihrem Staub gepudert.

Sie sahen den Sprecher nicht mehr. Er war hinter der Mauer verschwunden. Wenn er seinen Weg allerdings fortsetzte, würde er bald erscheinen und ihnen in die Arme laufen.

Darauf freuten sie sich...

Sie waren hungrig nach Geld. Im Gürtel eines Mannes steckte ein Hartgummiknüppel. Er hatte dieselbe braune Farbe wie das Haar des Trägers.

Der Zweite verließ sich auf Ketten und Schlagringe. Damit hatte er sich schon des Öfteren Respekt verschafft.

Der Mann sprach noch immer. Sie hörten zwischen den Worten seine Schritte, aber sie konnten die Fetzen nicht mehr verstehen, da der Redner die Sprache gewechselt hatte.

Sie schauten sich an.

Einer hob die Schultern, der andere spielte mit dem Hartgummiknüppel. Er ließ ihn gegen seine linke Handfläche klatschen. Dabei lächelte er gemein.

Sein Kumpan fühlte sich unbehaglich. »Ich weiß nicht«, murmelte er und hob die Schultern.

»Ist was?«

»Ich habe ein verdammt komisches Gefühl.«

»Und welches?«

»Wir sollten verschwinden.«

Der Knüppelträger schaute in die Luft. Wie graues Eisen lag der Himmel über London. Er wirkte so schwer, als wollte er sich jeden Augenblick lösen und nach unten fallen. Er passte zu dieser trüben Stimmung, die allmählich dem Abend entgegenschwang. Es war zudem kühl, die Erde noch nass vom letzten Regen.

»Ich bleibe.«

»War auch nur ein Gedanke.«

»Vergiss ihn.«

Sie warteten am Ende der Mauer. Nicht weit entfernt stand ein Schuppen, daneben die Flachdächer zahlreicher Garagen, dahinter ein altes, hohes Haus mit zahlreichen Wohnungen.

Und dann sahen sie den Mann. Er kam, als wäre nichts geschehen, als würde es die beiden rats überhaupt nicht geben. Die rats waren im ersten Augenblick überrascht. Beide hätten sie einen derartigen Menschen nicht erwartet, der sie beim ersten Hinschauen an einen Mönch erinnerte. Zwar trug er keine Kutte, sein langer Mantel hatte allerdings eine große Ähnlichkeit damit. Er schwang in der unteren Hälfte bei jedem Schritt hin und her.

Noch immer redete er. Er bewegte dabei seinen Kopf. Der weiße Bart umwuchs das Gesicht, auch den Mund und das Kinn wie dünner heller Schaum, die Lippen waren kaum zu sehen, er ging gebeugt, und auf der Mitte seines Kopfes fehlten die Haare. Dort glänzte die freie Fläche wie ein Spiegel.

Er hielt den Kopf gesenkt, den Blick gegen den schmutzigen Boden gerichtet, als gäbe es dort etwas Wertvolles zu entdecken.

Die rats standen in seinem Rücken. Sie schauten sich noch einmal an, nickten synchron, dann gingen sie vor.

Nur zwei Schritte brauchten sie, um ihr Opfer zu erreichen. Sie kreisten es ein, bildeten praktisch für ihn eine gefährliche Flanke. Hautnah blieben sie bei ihm.

Der alte Mann blieb stehen. Sein Reden verstummte. Er blickte nach rechts, auch in die andere Richtung und gestattete sich ein Lächeln.

Die rats waren überrascht. Sie schluckten, sie zwinkerten, mit einer derartigen Reaktion hatten sie nicht gerechnet. Scharf zog der Knüppelmann die Luft ein und sah, wie der Alte auf seine Waffe nieder schaute, sie dabei aber nicht ängstlich betrachtete.

»Weißt du, was das bedeutet?«

»Nein.«

Der Knüppelmann schaute seinen Kumpan an. Der aber starrte auf den Alten in seinem senffarbenen Mantel oder Umhang. Ihm war nicht wohl zu Mute. Sie hatten nicht erst einmal jemanden überfallen, waren routiniert, doch das hier sah anders aus.

Keine Angst…

Beide zeigten jetzt eine gewisse Unsicherheit. Der Alte aber lächelte.

»Es ist einsam hier, nicht?«

»Ja, Alter.« Der Knüppelmensch bewegte sich wippend. »Sehr einsam sogar. Und wir sind diejenigen, die abkassieren. Wir bestimmen, wer sich hier aufhalten darf und wer nicht. Wir sind diejenigen, die aufpassen, dass kein Fremder kommt. Und du bist fremd.«

»Das weiß ich.«

»Wie schön.«

»Ich suche eine Frau.«

»Dafür können wir uns nichts kaufen.« Der Hartgummiknüppel wanderte höher, dann wieder nach unten und bewegte sich im Rhythmus des Blickes, denn der Kerl schaute bereits genau nach, wo er den Mann treffen wollte. Gesicht, Oberkörper, Beine – er zog alles ins Kalkül.

»Sie lebt in dieser Stadt.«

»Ist uns auch egal.«

Der Alte runzelte die Stirn. »Schade«, sagte er leise, »wirklich schade. Dann werde ich wohl gehen müssen.«

»Das bestimmen wir.«

Für einen Moment zeigte sich der Fremde irritiert. Den Knüppel beachtete er gar nicht. »Wie soll ich das verstehen?«

»Wer hierher gehen will, der muss einen gewissen Zoll zahlen, wenn wir uns richtig verstehen.«

»Noch nicht.«

»Wegegeld.«

»Ah so.«

»Hast du das?«

Nach dieser Frage entstand zunächst eine Schweigepause. Nur in der Ferne dudelte ein Radio. Die Musik drang aus einem offenen Fenster, der Schall trug sie bis in den Hinterhof. Sie passte nicht zu der gedrückten Stimmung.

Der zweite Kerl fühlte sich unwohl. Im Gegensatz zu seinem Kumpan blickte er in die Runde, als wollte er sich darüber informieren, ob sich irgendwo ein Helfer verbarg, der ihnen möglicherweise zur Seite stehen konnte.

Das war nicht der Fall. Sie waren zu dritt und zudem allein in der tristen Umgebung.

»Du musst Geld haben.«

Der Alte schaute auf. Er runzelte die Stirn. Durch die Nase atmete er aus. »Ich habe kein Geld.«

»Dann hast du Pech gehabt.«

»Wahrscheinlich.« Bisher hatte er die Hände in den Taschen vergraben gehabt. Jetzt nahm er sie hervor und strich damit durch seinen weißen Bart. Sehr nachdenklich, als müsse er noch überlegen.

»Ohne Geld bist du verloren, Alter.« Der Knüppelträger grinste. »Und überhaupt, wo kommst du her? Du siehst aus, als wärst du aus einer Heilanstalt entsprungen.«

Sein Kumpan warnte ihn. »Vorsicht, Mann. Der hat etwas an sich, was mir nicht gefällt.«

»Was denn?«

»Kann ich dir nicht sagen.«

»Ich werde ihn fertig machen. Wir brauchen die Scheine, verdammt! Und halte du dich da raus.«

Der Fremde stand vor ihnen und hielt seine Hände zu Fäusten geschlossen. Er zeigte ihnen die Handrücken, der Mund war zu einem Spalt zusammengekniffen.

»Nun?«

»Ich mache euch einen Vorschlag.«

Der Knüppelträger fing an zu lachen. Es glich mehr einem Wiehern, dann schüttelte er sich. »Das darf nicht wahr sein, du hast keinen Vorschlag zu machen.«

»Doch, schaut.« Der Fremde ließ sich nicht aus der Ruhe bringen. Er streckte seinen rechten Arm vor, damit beide direkt auf die Faust schauen konnten.

»Na und?«

Er öffnete sie.

Beide rats bekamen große Augen. Was da auf dem Handteller lag, war so groß, dass es mehr als die Hälfte der Hand bedeckte. Es war eine wertvoll aussehende Goldmünze, aber ohne Prägung. Sie war zudem blank wie ein Spiegel.

»Was ist das?«

Der Alte gab keine Antwort, er hielt die Hand nur hin. Dafür sprach der Knüppelträger. »Gold, das ist Gold, Mann.«

»Echtes?«

»Und wie.«

Der Fremde lächelte nur. Als der Knüppelträger nach der Münze greifen wollte, zog er blitzschnell die Hand weg. »Nein, so geht das nicht, ich mache euch einen Vorschlag.«

Der Kerl wollte zuschlagen, doch sein Kumpan fiel ihm in den Arm. »Warte doch erst mal ab.«

»Scheiße, ich will…«

Der Alte schaute ihn an. Nur ein Blick, und er reichte aus, um den jungen Verbrecher verstummen zu lassen. Es war ein Blick, wie ihn der Typ nicht kannte.

Bestimmend, hart und grausam zugleich.

Der Knüppelmann bekam keine Angst, so konnte er das Gefühl nicht bezeichnen, es war etwas anderes, das ihn durchfuhr wie ein Strom. Das Blut fing an zu rauschen, er schwitzte, obwohl keine warmen Temperaturen herrschten. Etwas hatte sich in seine Psyche gebohrt wie ein böser, tiefer Stachel.

Der Alte blieb souverän. Er zeigte nicht die Spur von Angst. Sein Blick wanderte zur Gestalt des zweiten Mannes. Der stand und bewegte sich um keinen Zoll.

»Wir werden einen Test vornehmen, meine Freunde.« Aus seinem Mund klangen die letzten Worte wie der reine Hohn. »Ja, wir werden einen Test durchführen.«

Der Knüppelmann fand die Sprache wieder. »Welchen?«, keuchte er.

»Ich werde die Münze in die Höhe werfen. Zeigt sie nichts, dürft ihr sie behalten. Zeigt sie jedoch ein Bild, dann gehört sie mir, und ihr gehört mir ebenfalls.«

Die rats schauten sich an. Plötzlich waren sie wieder klar. Der lange Augenblick der Unsicherheit gehörte der Vergangenheit an. Sie schauten zu, wie der Fremde die Münze umdrehte, sodass die Unterseite jetzt oben lag.

»Aber da gibt es ja auch nichts zu sehen!«, keuchte der Typ mit dem Knüppel.

»Eben.«

»Dann hast du schon verloren.«

Der Alte lächelte weise und irgendwie breit. »Das wird sich noch herausstellen. Ihr seid mit meinem Vorschlag einverstanden?«, erkundigte er sich.

»Und ob.«

»Bitte, tretet zur Seite.« Er sprach freundlich, aber sehr bestimmend, und den beiden rats blieb nichts anderes übrig, als seinem Wunsch Folge zu leisten.

Sie gingen zurück und gleichzeitig voneinander weg,

sodass sich zwischen ihnen eine Lücke auftat. Der Fremde blieb vor ihnen stehen. Zusammen bildeten sie die Punkte eines Dreiecks.

Noch immer ließ sich kein anderer Mensch sehen. Wenn sie jemand beobachtete, würde sich dieser hüten, einzugreifen. Die beiden rats waren in der Gegend bekannt. Man tat gut daran, sich nicht mit ihnen anzulegen, das konnte sonst böse enden.

»Seid ihr bereit?«

Die rats nickten.

Dann warf der Alte die Goldmünze. Er tat dies mit einer kurzen Bewegung. Sie wirbelte durch die Luft und fing dabei sogar einen verirrten Sonnenstrahl auf.

Drei Augenpaare verfolgten den Weg der Münze. Sie sahen, wie diese durch die Luft wirbelte, bis sie wieder zu Boden fiel.

Beide Seiten waren vor dem Wurf blank gewesen. Die nach oben Liegende leuchtete wie eine kleine Sonne, in die sich einen Moment später Schatten hineinschoben.

Umrisse…

Ein Gesicht entstand.

Eine Fratze!

Grausam und widerlich, das Gesicht eines schrecklichen Dämons, das Gesicht einer mörderischen Gestalt, breit, kantig und auch irgendwie hölzern.

Gehörte es einem Menschen?

Die rats wussten es nicht. Es war klar, dass sie verloren hatten, denn die obere Seite der Münze war nicht mehr blank geblieben. Aber das wollten beide nicht akzeptieren.

Wut peitschte in dem Knüppelträger hoch. Er richtete sich auf, atmete dabei tief durch, er bewegte seinen Mund, als wollte er etwas essen, er schluckte und…

Worte und Stimme des Fremden klangen wie ein Urteil. »Ihr habt verloren, der Gewinner bin ich!«

Sie sagten nichts. Sie zogen nur die Köpfe ein, sie glotzten nach vorn, sie wollten etwas tun, aber die Münze war schneller. Für einen Moment sah es so aus, als wollte sie vom Boden abheben. Vielleicht schwebte sie auch in der Luft, aber wen interessierte das schon? Die beiden rats bestimmt nicht, denn sie wurden voll erwischt.

Grelle Strahlen stachen ihnen entgegen. Greller und auch heller als die der Sonne.

Voll wurden sie erwischt.

Die Strahlen explodierten in ihren Gesichtern, blendeten sie, und dann geschah das Furchtbare.

Die beiden Männer starben!

*

Es war kein normales Sterben. Es war ein Vergehen, ein Zerschmelzen, es war der Tod in seiner widerlichsten, in seiner grausamsten Form.

Die Strahlen zeigten die Formen von gezackten Blitzen, sie waren ziemlich dünn, aber sie erwischten beide Männer mit einer mörderischen Intensität.

Die rats bewegten sich nicht. Sie standen auf der Stelle, dennoch sah es so aus, als würden sie tanzen. Das lag allein an den Blitzen, die sie wie ein unruhiger Vorhang umgaben. Sie zeichneten ihre Gestalten nach, sie drangen in die Körper ein, sie verdampften zischend Fleisch, Haut und Knochen.

Auf der Münze bewegte sich das hölzern wirkende Gesicht des Unheimlichen. Er rollte nicht nur mit den Augen, er zuckte auch mit den Lippen, produzierte die Blitze weiter, bis die Gestalten zusammenfielen, und zwar dort, wo sie gestanden hatten.

Aus ihren Körpern drangen dünne Rauch- oder Qualmwolken. Sie waren das Erbe, die Erinnerung an Menschen, die nur noch vergehen konnten, sonst nichts.

Sie starben auf der Stelle…

Gelassen schaute der Alte zu. Einmal strich er mit den Fingerkuppen über seine gefurchte Stirn. Der Blick in seinen Augen zeigte keinen Triumph, sondern Gleichmut.

Er hatte es gewusst, und er war nicht überrascht, dass alles so eingetreten war.

Noch einmal huschten die Blitze über die Gestalten hinweg oder über das, was von ihnen zurückgeblieben war.

Nur noch Reste aus Staub und vielleicht winzige Knochenstücke. Ansonsten war nichts mehr von ihnen zu sehen. Was wies denn noch darauf hin, dass die beiden Aschehaufen einmal Menschen gewesen waren?

Nichts, gar nichts.

Kein Haar, keine Augenbrauen, kein Zahn, weder ein Fuß noch eine Hand. Es war vorbei.

Der Alte nickte. Danach schaute er sich um. Er blieb auf der Stelle stehen und machte noch immer einen harmlosen Eindruck. Der Wind fuhr gegen den senfgelben Mantel, er spielte mit dem breiten Saum und fuhr mit seinen unsichtbaren Fingern unter den Kragen, ohne es jedoch in die Höhe stemmen zu können.

Es war vorbei.

Selbst die Waffen gab es nicht mehr, und die Münze bildete den Mittelpunkt des jetzt veränderten Dreiecks.

Der Fremde bückte sich, streckte seine Hand aus und hob die Münze an. Er ließ sie in der Tasche verschwinden, hatte die Stirn in Falten gelegt, betrachtete die Münze sinnend, bevor er lächelte und sie wieder in seine Tasche steckte.

So durfte man nicht mit ihm umgehen, so nicht. Das war einfach nicht möglich. Wenn jemand Macht über Leben und Tod hatte, dann war er es und nicht irgendwelche Kreaturen.

Er verstand nicht, dass sie es immer wieder versuchten. Dabei befand er sich nur auf der Suche nach einer jungen Frau, die er endlich finden wollte.

Er ging weiter.

Hinter den eisengrauen Wolken lugte die Sonne hervor. Ihre Strahlen fanden auch den Weg in den Hinterhof und vergoldeten die Stätte des Todes und der Gewalt…

*

Der Mai, der Frühling, die Sonne, das Lachen der Menschen, die endlich den Winter hinter sich hatten, so sollte es eigentlich sein, aber so war es nicht.

Nur der Monat Mai stimmte, aber der war in seinen ersten Tagen nicht von der Sonne erfüllt, sondern bedeckt von eisengrauen Wolken, von dichten Regenfällen, und all dies mit kalten Temperaturen, die dafür sorgten, dass die Menschen ihre Wintermäntel wieder hervorholten, um nicht zu frieren.

Dennoch lief alles seinen Gang.

Die üblichen Maifeste waren auch abgelaufen. In den aufgestellten Zelten brannten die Heizungen, das Wasser der Pfützen war mit Planken verdeckt, die Straßenfeste liefen trotzdem ab, auch wenn sich die Menschen nicht gerade kauflustig gaben.

Auch die freien Plätze, die im Winter wie tote Inseln dalagen, wurden wieder benutzt.

Das heißt, die ersten Jahrmärkte lockten.

Auch in London und auch im Londoner Norden, nicht weit vom Zoo entfernt, wo eine Maikirmes die Massen locken sollte. Daraus wurde nichts, aber einige Besucher waren trotzdem da. Man freute sich ja schon, wenn es nicht regnete, und so herrschte auch Andrang an den zahlreichen Karussells und Schaubuden, Fressständen und anderen Vergnügungsstätten.

Immer höher, immer wilder hieß die Devise. Was vor Jahren noch als super gegolten hatte, darüber konnte man heute nur noch lachen. Wer auf die Kirmes ging, der wollte sich vergnügen.

Wir nicht.

Suko und mich hatte es dienstlich auf den Jahrmarkt getrieben, weil uns jemand sprechen wollte.

Wir hatten uns an einer der Wurstbuden verabredet und warteten auf eine Person, die uns irgendetwas über einen Götzen oder Hohenpriester erzählen wollte.

So ganz waren wir da nicht klargekommen, waren

aber hingegangen, weil nichts anderes anlag und derjenige, der uns die Nachricht geschickt hatte, eine gewisse Kara erwähnte.

Das hatte uns natürlich misstrauisch gemacht.

Kara war die Schöne aus dem Totenreich, eine dunkelhaarige Frau, die aus dem längst versunkenen Kontinent Atlantis stammte und zusammen mit dem kleinen Magier Myxin bei den Flammenden Steinen lebte, einem Gebiet in Mittelengland, das für menschliche Augen nicht sichtbar war. Beide waren Menschen aus der Vergangenheit, die die große Katastrophe überlebt hatten.

Natürlich hatten wir versucht, uns mit Kara und Myxin in Verbindung zu setzen, doch es war nicht möglich gewesen. Was oft auf telepathischem Wege klappte, war in diesem Fall nicht zu schaffen gewesen, deshalb mussten wir uns auf den Unbekannten verlassen.

Spekulationen hatten keinen Sinn. Wir konnten uns allerdings gut vorstellen, dass sich eine Gefahr durch London bewegte, und der wollten wir entgegentreten.

Die Umgebung wirkte völlig normal für einen Jahrmarkt. Es herrschte noch nicht der ganz große Andrang, dafür war es zu früh, aber die Verkäufer und Karussellbesitzer konnten zufrieden sein. Stillstand gab es nicht.

Wir hatten uns an einem Stand aufgebaut, wo man gut gewürzte Würste aus Ungarn verkaufte. Man konnte sie in dünne Pfannkuchen gewickelt haben oder auch pur essen.

Suko und ich hatten uns für die Pfannkuchen entschieden, da wir diese Idee sehr originell fanden.

Die Wurst schmeckte, auch wenn sie ziemlich fettig war und wir beim Hineinbeißen Acht geben mussten, dass wir uns die Kleidung nicht bespritzten.

Hinter der hohen Theke standen drei Verkäufer und eine Frau. Sie sahen auch aus wie Ungarn und sprachen nur gebrochen Englisch. Das große Reklameschild bewegte sich leicht im Wind. Die rote Beschriftung leuchtete sehr weit, und diese Reklame wurde von zahlreichen Kunden gesehen, sodass der Andrang entsprechend war.

Ich nahm den Geruch der zahlreichen Fressbuden auf, und da stellte sich der Appetit automatisch ein.

Nicht weit entfernt schaufelte ein gewaltiges Riesenrad seine Gondeln in die Luft. Hinter uns hörten wir Schauermusik. Manchmal übertönt von schrecklichen Stöhn- und Kreischgeräuschen. Diese Akustik sollte die Besucher zur Geisterbahn locken, wo die Reklame eine Fahrt durch die schrecklichste Hölle versprach.

Überragt wurde das gewaltige Riesenrad noch vom Aufbau einer monströsen Achterbahn, die den Gast durch alle Gefilde der Angst führte. Durch enge Kurven, hinein in Höllenmäuler, wo tiefstes Dunkel herrschte, dann in ein tiefes Tal, in das die Wagen mit rasender Geschwindigkeit fuhren.

Über den nötigen Zulauf brauchte sich der Besitzer dieser Achterbahn nicht zu beklagen, vor der Kasse stand immer eine Menschenschlange.

Suko und ich schauten uns um. Keiner von uns kannte die Person, die uns sprechen wollte, und der Zeitpunkt war eigentlich schon überschritten. Ich kaute an dem letzten Stück Wurst, als sich Suko umdrehte und die Schultern hob.

»Hast du was?«

»Ja, ich vermisse da eine gewisse Person.«

»Ich auch.«

»Hat sie uns versetzt?«

»Keine Ahnung, Alter. Aber das will ich nicht hoffen, ich habe meine Zeit nicht gestohlen.«

Suko wischte die Hände an der Serviette ab. Sie verschwand, ebenso wie die meine, zerknüllt in einem Papierkorb. »Wie lange geben wir ihm noch?«

Ich schaute auf die Uhr. »Eine Viertelstunde.«

»Gut, dann fahren wir mit der Geisterbahn.«

»Jetzt?«

»Später.« Suko grinste. »Ich möchte endlich mal etwas Schauriges erleben.«

»Du tust mir fast Leid.«

Jemand stand plötzlich neben mir. Ich hatte ihn nicht kommen hören, er musste sich angeschlichen haben, ich sah ihn auch nicht, sondern spürte nur seine Anwesenheit.

Ich schaute nach rechts und in das Gesicht eines kleinen Jungen mit schwarzen Haaren und großen, dunklen Augen. Die Lippen des Jungen waren zu einem Lächeln verzogen, während er mit einer heftigen Bewegung nickte, um gleichzeitig eine Frage zu stellen.

»John Sinclair?«

»Der bin ich.«

»Ich soll dich wegbringen.«

»Wie schön. Wohin?«

»Nur ein Stück.« Der Junge drehte sich und deutete auf die Achterbahn. »Dort will jemand mit dir sprechen.«

»Und wer ist das?«

»Ich weiß es nicht.«

Ob ich dem Jungen trauen konnte oder nicht, stand in den Sternen. Ich blieb neutral, nickte und sagte fast fröhlich: »Tja, dann lass uns doch gehen.«

»Kommen Sie.«

Da er vorausging, konnte ich ungestört mit Suko sprechen. »Von mir hat er nichts gesagt, John.«

»Stimmt. Deshalb solltest du auch nicht mitfahren.«

»Du wirst es kaum glauben, aber das habe ich dir gerade vorschlagen wollen. Irgendwie gefällt mir das alles nicht. Ich denke, dass ich dem Jungen mal auf den Fersen bleibe.«

»Meinen Segen hast du.«

Suko ließ sich wieder zurückfallen. Wer uns jetzt beobachtete, hätte nicht geglaubt, dass wir zusammengehörten. Wir wirkten wie zwei Männer, die über den Jahrmarkt schlenderten, um sich zu amüsieren.

Das Kassenhaus der Achterbahn stand auf einem Holzpodest. Es hatte eine breite Scheibe, hinter der der Oberkörper und der Kopf eines Mannes zu sehen waren. Der Kassierer trug eine Schirmmütze. Das Gesicht darunter sah aus wie ein Ballon.

Ich blieb am Ende der kleinen Schlange stehen und fragte meinen jungen Begleiter. »Was jetzt?«

»Das ist für mich alles.«

»Wieso?«

»Du musst eine Karte kaufen und einsteigen. Er wird dann kommen, glaube ich.«

»Wer wird kommen?«

»Der Mann, der dich sprechen will.«

Wie schön. Immerhin wusste ich jetzt, dass mich ein Mann herbestellt hatte. War immerhin etwas. Ich blieb am Ball und wollte wissen, ob er den Mann kannte.

»Nein.«

»Aber du hast ihn doch gesehen!«

»Vielleicht.«

»Wie sieht er aus? Schließlich muss ich ihn erkennen.«

Der Junge schaute mich für einen Moment an. Es sah so aus, als wollte er antworten, dann drehte er sich auf der Stelle um und rannte weg. Sein roter Anorak leuchtete wie ein hüpfender Farbtupfer. Zum Glück hatte Suko aufgepasst. Er nahm sofort die Verfolgung auf.

Der gesamte Vorgang wirkte auf mich sehr mysteriös. Ich war auf den Unbekannten mehr als gespannt und musste nach vorn gehen, weil einige Gäste in die Wagen gestiegen waren, die eine kleine Schlange bildeten, denn es waren mehrere aneinander gekoppelt worden. In einer Fuhre fanden jeweils zwölf Personen Platz. Zwei saßen sich jeweils gegenüber und konnten die Fahrt genießen.

Ich musste noch etwas warten. Erst als sich zwei weitere Fuhren auf den Weg gemacht hatten, kaufte ich eine Karte. Der Mann mit dem dicken Gesicht schob sie mir zu, und ich bewegte mich auf ein Quergitter zu, auf dem ein junger Mann in Jeanskleidung hockte, um die Karten abzureißen.

Durch das Gestänge der Achterbahn donnerten die Wagen. Nicht alle Fahrgäste hatten gute Nerven. Ich hörte so manchen Schrei, der grell in meinen Ohren klang.

Hinter den grauen Wolken war die Sonne erschienen. Erste Strahlen trafen meinen Rücken. Der Kerl vor mir blinzelte und gab sich ansonsten cool.

Ich schaute mich um.

Zwar standen hinter mir noch einige Fahrgäste, doch wer von ihnen diejenige Person war, die mit mir in Kontakt treten wollte, konnte ich beim besten Willen nicht herausfinden.

Da wechselten sich Männer und Frauen ab. Die meisten waren jünger als ich.

Ich wollte auch nicht daran glauben, dass der Sprecher unterwegs zustieg, und dachte schon daran, dass man mich geleimt hatte.

Hinter mir hielten Wagen an, die Fahrgäste stiegen aus. Die meisten lachend. Ein Junge allerdings war kalkig im Gesicht und ging mit Zitterschritten.

Ich hatte Glück und konnte mich direkt in den ersten Wagen setzen. Zudem in Fahrtrichtung.

Die Wagen füllten sich. Zwei Mädchen saßen vor mir. Teenager, die einen großen Spaß hatten und mit den Füßen über den Boden schabten, so aufgeregt waren sie. Der Platz neben mir blieb nicht frei. Der Kerl vom Gitter stieg ein, grinste mich an und drückte dann die Haltestange zurück.

Wollte er mit mir sprechen?

Als ich seinen Blick erwiderte, schaute er zur Seite und rückte sein schwarzes Haar zurück, in dem das Gel schimmerte wie Öl.

Ich musste an einen Fall denken, der mich in eine Geisterbahn besonderer Art geführt hatte. Die Sache lag noch nicht allzu lange zurück, und damals wäre die Reise für mich fast zu einer Fahrt in die Hölle geworden. Stand mir so etwas Ähnliches wieder bevor?

Wir fuhren an!

Es war wie immer. Der Ruck, der sich durch alle Wagen pflanzte, das Lachen der Fahrgäste, die beiden Teenager vor mir fingen an zu kreischen, dann bekamen die Wagen Tempo und jagten eine Schräge hoch, die in eine Linkskurve führte, über deren letzte Hälfte ein Tunnel gebaut worden war.

Wir schossen hinein.

Die Schreie der Fahrgäste veränderten sich. Zwar blieben sie weiterhin schrill und spitz, aber von den Wänden des Tunnels kamen sie als schaurige Echos zurück, die in meinen Ohren brandeten. Es war sehr dunkel, und dieser übergangslose Wechsel konnte einem Menschen schon so etwas wie Furcht einflößen.

Dann schossen wir hinaus.

Helligkeit, Luftholen, aber nur für einen Moment, denn es ging steil hinab, und die Wagen jagten in einen Kreisel, wurden immer schneller, schossen hinaus wie ein Korken aus der Champagnerflasche und jagten für einen Moment auf der geraden Strecke weiter.

Das änderte sich rasch.

Wieder fuhren wir eine Steigung hoch. Diesmal langsamer, denn es sollte die größtmögliche Höhe erreicht werden.

Meine Hände lagen ebenso wie die meines Nebenmannes auf der Rundung des Haltegitters. Der Knabe grinste ins Leere. Er schien irgendetwas zu wissen.

Seit dem Start hatte sich meine Unruhe verdoppelt. Ich kam mir vor, als wäre jemand dabei, ein Spiel mit mir zu treiben und mich hin und her zu schieben, obwohl ich fest saß.

Die Gesichter der beiden Mädchen vor mir sahen aus, als hätte sich ihre Haut im Nacken gespannt. Sie umklammerten ihre Haltestange wie einen Rettungsanker.

Ich konnte nach vorn schauen und entdeckte einen künstlichen Wald. Er nahm etwa ein Drittel der Achterbahnfläche ein. Seine Außenmauern bestanden aus Blech oder Kunststoff, waren bemalt worden mit Nadel- und Laubbäumen.

Was sich innerhalb dieser künstlichen Landschaft abspielte, konnte nur der wissen, der die Strecke schon einmal gefahren war. Mir kam er vor wie ein Knackpunkt meiner Reise. Ich hatte einfach das Gefühl, dass sich dort etwas ereignen würde, und schielte nach links, um meinen Nebenmann zu beobachten, der ja zum Personal und nicht zu den eigentlichen Fahrgästen gehörte.

Er tat gelassen und so, als wäre ich für ihn überhaupt nicht existent. Selbst die Mädchen schaute er nicht an. Sein Blick hatte eine gewisse Neutralität.

Zu neutral…

Wir stiegen noch immer. Unter uns rappelte es, als

wollte die Technik noch einmal Luft holen, bevor sie uns in diesen Tunnel hineinjagte. Von dem wir nicht wussten, was uns dort erwartete.

Die Sonne war wieder verschwunden. Durch das Gestänge konnte ich den grauen Himmel sehen. Blickte ich in die Tiefe, musste ich mir eingestehen, dass die Buden schon ziemlich klein geworden waren. Wir hatten doch eine sehr große Höhe ereicht.

Ich blickte auf die Öffnung.

Sie sah aus wie ein großes Tor mit gewölbtem Dach. In die Höhle hinein führte der glänzende Schienenstrang. Rechts und links der Öffnung waren die Seitenstreifen so breit, dass sie bemalt werden konnten. Auch dort sah ich die Bäume in einer naiven Malerei, aber zwischen ihnen schimmerten die Augen eines Ungeheuers. Sie waren rote Kreise in einem pechschwarzen Kopf.

Das sah schon unheimlich aus.

Ein letzter Schub, noch ein kleiner Ruck, das Tempo nahm zu, wir schossen hinein.

Der Tunnel schnappte zu.

Ich wartete auf das Kreischen der Teenager, die aber blieben stumm. Vielleicht verspürten sie jetzt wirklich Angst.

Ich nicht, denn auf einer Fahrt mit der Achterbahn geht normalerweise alles glatt – oder nicht?

Es war schon seltsam, denn es hatte sich etwas verändert. Es war da, aber nicht fassbar, es lauerte, es wartete womöglich an den schwarz gestrichenen Wänden, die den Schall der fahrenden Wagen zurückwarfen, als wollten sie eine akustische Variante des Grauens geben.

An den Wänden schienen sie zu kleben. Die Dämonen der Hölle, die Ungeheuer aus dem Pandämonium, vereint mit den Schatten, lauernd auf Beute, bewehrt mit scharfen Krallen, um sie in Leiber und Hälse zu schlagen.

Hatte sich die Luft verändert?

Ich atmete sie durch den offenen Mund scharf ein. Sie hatte einen ungewöhnlichen Geschmack.

Ja, sie schmeckte tatsächlich anders, nach Dampf, nach Eisen oder Metall, vermischt mit schwefligen Gasen, die bis in meinen Magen hinab drangen, als wollten sie ihn dort umstülpen.

Die Wagen rollten weiter.

Diesmal langsam, sehr langsam sogar. Als wollten sie im nächsten Augenblick stoppen.

Ich schaute starr nach vorn.

Die Konturen der beiden Mädchen waren kaum mehr zu sehen. Ich konnte sie nur noch ahnen. Dunkle, sich bewegende Flecken in der drückenden Finsternis.

Ich hörte die Mädchen nicht mehr sprechen, es sprach sowieso kaum jemand. Auch hinter mir drückten sich die Stimmen zu einer flüsternden Wolke zusammen.

Was lief hier ab?

Was war hier faul?

Ich konzentrierte mich noch stärker auf das Fahren. Langsam, sehr langsam schoben sich die Fahrzeuge voran. Beinahe im Zeitlupentempo. Manchmal rumpelten sie etwas, dann war es wieder still.

Ja, still.

Wir standen!

Also doch. Irgendetwas musste geschehen. Ich bewegte mich nach links. Leider klemmte die Stange mich zu sehr ein. Ich wollte mit dem jungen Mann sprechen.

Meine Hand fasste ins Leere!

Er hatte tatsächlich den kurzen Halt in der Dunkelheit genutzt, um zu verschwinden. Genau dort, wo er ausgestiegen sein musste, hörte ich ein Rascheln, vielleicht auch Schritte...

Auf meiner Stirn bildete sich Schweiß.

Was spielte sich dort ab?

Ich überlegte, ob ich sitzen bleiben oder aufstehen und den Wagen verlassen sollte.

Es war beides gefährlich und...

Wir fuhren wieder an.

Und gleichzeitig stellte ich fest, dass auf dem Platz links neben mir jemand saß.

Doch ein anderer.

Ich hörte es an der Stimme, die mich direkt ansprach. »Ich freue mich, dass du gekommen bist, John Sinclair...«

*

Verdammt, er kannte mich! Aber ich kannte ihn nicht. Wer also war da zugestiegen?

In der Dunkelheit war von ihm nichts zu erkennen. Ich musste warten, bis wir diesen stockdunklen Tunnel verlassen hatten, dann würde mir dieser Fremde sagen, was er von mir wollte.

Allerdings würde dies noch eine Weile dauern, wie ich annahm, denn das Tempo hatte sich kaum beschleunigt.

Noch immer schlichen wir dahin. Die Wagen glitten über die Schienen, bewegten sich manchmal, es wurde aber nie gefährlich.

Das merkten auch die beiden Teenager vor mir, denn sie fingen an, wieder miteinander zu sprechen.

Nicht so laut, dafür flüsternd, sodass ich kein Wort von ihrer Unterhaltung verstand.

Es saß jemand neben mir. Es saß jemand neben mir, der mich kannte, der genau wusste, wer ich war.

Kannte ich ihn auch?

Ich hatte seine Stimme gehört und scharf nachgedacht, aber die Erinnerung wollte einfach nicht aufblitzen. Es gab keinen Funken, aus dem eine Flamme hätte entstehen können.

Schlimm...

»Sie kennen mich?«

Meine eigenen Worte klangen in dem Tunnel fremd, da ich doch etwas lauter gesprochen hatte.

Ich hörte ein Lachen.

»Sie kennen mich?«

»Wir werden zu reden haben.«

»Wann?«

»Gleich.«

»Eine ungewöhnliche Art, jemanden zu treffen.«

Er gab mir keine Antwort. Dafür hörte ich es vor mir rascheln oder schaben.

Ich hielt den Atem an.

Etwas berührte kurz meine linke Hand, das mich ein wenig an raue Pappe oder Schmirgelpapier erinnerte.

Bevor ich dazu kam, nachzufassen, um etwas Genaueres herauszufinden, war das Unbekannte wieder verschwunden. Stattdessen sah ich das helle Loch. Endlich kam der Ausgang des Tunnels in Sicht.

Die Bedrohung verschwand parallel mit dem Zurückweichen der Schatten. Die Konturen schälten sich hervor. Wie Puppen saßen die beiden jungen Mädchen vor mir. Keine rührte sich. Sie schienen Angst zu haben. Das erkannte ich an ihrer verkrampften Haltung. Demnach hatten auch sie die Bedrohung gespürt. Doch wer strahlte sie aus?

Es gab nur eine Antwort. Die suchte ich, als ich den Kopf nach links drehte.

Dort hockte ein Fremder!

Vom dämmrigen Grau des letzten Tunnelstücks fuhren wir hinein in die Helligkeit, und ich sah ihn immer deutlicher, als würden in gewissen Etappen die Tücher von seinem Gesicht und seiner Gestalt weggezogen.

Ich kannte ihn nicht!

War dieser Fremde ein Mönch? Sein senfgelber Mantel oder seine Kutte schienen darauf hinzuweisen, sicher war ich mir nicht. Er hatte den Kopf gedreht und mir sein Gesicht zugewandt.

Ein fremdes Gesicht, von einem weißen Bart umwuchert, der nicht sehr dicht war, sondern einen dünnen, flaumigen Ring bildete, dessen Fäden im Wind zitterten.

Die Haut schimmerte in einem rosigen Ton, und die Augen in den Höhlen erinnerten mich an blaugrüne Kristalle, deren Blick jemand beeinflussen und bannen konnte.

Der Mund war breit und schmal. Er bildete einen auf dem Rücken liegenden Halbmond.

Das also war er.

Dann sackten die Wagen plötzlich ab. Aus zahlreichen Kehlen lösten sich Schreie. Die Fahrt in die Tiefe war einfach zu überraschend erfolgt.

Auch aus meinem Mund löste sich ein Schrei. Der Fahrwind umbrauste mich. Diese Reise würde höchstens wenige Sekunden dauern, mir kam sie jedoch viel länger vor, und ich hatte dabei das Gefühl, als würde mir der Wind wie mit tausend Armen eine Botschaft zutragen, die mein Nebenmann aussprach.

»Du wirst mir helfen, meine Tochter zu finden. Es ist ganz einfach für dich. Wenn du sie hast, wirst du sie zu mir bringen, denn ich habe sie verloren.«

Ich sagte nichts.

»Sie heißt Nora Shane, sie ist meine Tochter, ich weiß es genau. Suche sie und bringe sie zu mir. Ich werde dir eine Nachricht zukommen lassen. Solltest du dich weigern, werden Menschen sterben, denn zwei von ihnen sind bereits tot.« Er erklärte mir, wo ich bestimmte Überreste finden würde, dann war dieses lange Rasen in die Tiefe plötzlich vorbei.

Durch meinen Magen und auch durch meinen Körper ging ein Ruck, als würde mir ein mit Steinen gefüllter Sack in die Kehle geschoben, dann hatte ich plötzlich wieder Ruhe, denn die Reise ging relativ normal weiter, abgesehen von einem Kreisel, in den wir hineingerieten, dann urplötzlich stoppten und langsamer fuhren.

Ich wischte mir die Tränen aus den Augen. Den Ruck

der Haltestange hatte ich kaum mitbekommen, dafür sah ich noch den Mann in dem senfgelben Mantel davoneilen. Er war während der Fahrt ausgestiegen, lief unter einem Gerüst her, und seine Tritte hinterließen dumpfe Echos auf den grauen Holzbohlen des Übergangs.

Ich wollte raus, als der Wagen beschleunigte. Die Gegenkraft drückte mich in den Sitz.

Noch einmal schossen wir hoch.

Eine kurze Fahrt durch eine hügelige Schienenlandschaft begann, bis die Bremsen griffen und wir gewissermaßen in die Zielgerade hineinglitten, die dort auslief, wo wir auch gestartet waren.

Und da stand auch der Knabe, der zuerst mit mir gefahren war. Er lehnte an der Barriere, als wäre nichts geschehen. Sein Gesicht zeigte eine Gleichgültigkeit, die schon fast unnatürlich war. Es lag auf der Hand, dass ich ihm einige Fragen stellen würde. Sicherlich war ihm der Mann nicht unbekannt gewesen.

Wir stoppten.

»Da kriegst du mich nie wieder rein«, sagte eines der Mädchen. »da – da kriegt man ja fast einen Herzschlag.«

Ihre Freundin nickte nur. Beide waren auch die Ersten, die den Wagen verließen.

Ich ließ mir mehr Zeit mit dem Aussteigen, kletterte gemächlich über die seitliche Tür hinweg und streckte mich, bevor ich auf den Helfer an der Barriere zuging.

Provozierend schaute er mich an. Er trug einen Gürtel mit einer Silberschnalle und tickte mit dem Zeigefingernagel gegen das glänzende Metall. »Ist was?« Er zog die

Nase hoch. »Hat Ihnen die Fahrt nicht gefallen? Wohl zu alt, wie? Keine Nerven – oder?«

»Kommt darauf an.«

»Worauf?«

»Wenn man Routine hat und sich auskennt, kann man während der Fahrt aussteigen, um den Platz für einen anderen Gast frei zu machen. Das haben Sie getan.«

»So, habe ich das?«

»Hören Sie, ich bin nicht blind. Wer, zum Teufel, war der Mann im gelben Mantel?«

»Keine Ahnung.«

Ich blieb ruhig und fragte: »Weshalb lügen Sie?«

Er wippte auf der Barriere. »So? Tue ich das? Kann mich nicht daran erinnern.« Er rutschte von der waagerechten Stange. »Außerdem habe ich keine Zeit. Ich muss meinen Job tun.«

»Ich auch«, sagte ich und hielt ihn fest.

Er blieb stehen, versteifte für einen Moment und holte dann tief Luft. Seine Muskeln spannten sich. Er würde in den nächsten Sekunden zu einem Rundschlag ansetzen, das war in seiner Position am wirkungsvollsten.

»Wenn Sie jetzt zuschlagen«, sagte ich leise, aber verständlich, »ist das ein Angriff auf einen Polizeibeamten. Ich wollte es Ihnen der Fairness halber nur sagen.«

Er atmete aus. Entspannung war angesagt. Dann drehte er mir das Gesicht zu. »Ein Bulle.«

Ich zeigte ihm den Ausweis. »Scotland Yard, Mister.«

»Okay.« Er schabte über seine Jacke, als wollte er sie säubern. »Ist alles okay.«

»Das will ich auch hoffen. Kommen wir zur Sache. Mit wem haben Sie den Platz getauscht?«

»Ich kenne den Mann nicht.« Er antwortete und riss gleichzeitig Karten ab. Die Fahrgäste gingen durch. »Ich habe ihn heute zum ersten Mal gesehen.«

»Dafür waren Sie aber sehr vertraut miteinander.«

»Klar, wenn die Chemie stimmt.« Er rieb Daumen und Zeigefinger gegeneinander. Die Geste kannte wohl jeder.

»Wie groß war denn die Chemie?«

»Zehn Pfund.«

»Also schön. Für diese Summe haben sie die Plätze getauscht. Was wollte der Mann genau?«

»Nur mit Ihnen reden.«

»Und er war Ihnen tatsächlich unbekannt?«

Der Knabe verdrehte die Augen. »Ja, verdammt, er war mir unbekannt. Ich habe ihn zuvor nie gesehen. Reicht das?«

»Nicht ganz.«

Er riss die letzte Karte ab. »Warum denn nicht?«

»Weil ich davon ausgehe, dass er hier auf dem Jahrmarkt arbeitet.«

Die Barriere klappte zu. »Kann sein. Trotzdem – ich kenne ihn nicht. Noch was?«

»Nein, schon gut. Ach ja, eine Frage noch. Kann ich bei Ihnen telefonieren?«

»Nein, aber es gibt hier Zellen.« Da er guter Laune war, erklärte er mir, wo ich hinzugehen hatte.

Ich bedankte mich und fand zwei Zellen dort, wo einige Transportfahrzeuge standen und dicke Schläuche über den Boden ringelten wie tote Schlangen.

Eine Zelle war von einem jungen Mann besetzt, die Zweite wurde gerade leer.

Dieser Unbekannte mit dem weißen Bart und dem senfgelben Mantel hatte von Toten gesprochen und mir sogar den Platz genannt, wo eventuell Überreste zu finden waren. Er hatte auch den Namen Nora Shane erwähnt. Ich musste etwas unternehmen, aber ich wollte der Reihe nach vorgehen und rief zunächst einige Spezialisten beim Yard an, die sich über meinen Wunsch nicht eben begeistert zeigten und sicherheitshalber noch nachfragten, ob sie auch keiner Ente aufgesessen waren.

»Wenn ja, dann bin ich es ebenfalls. Schaut mal nach, ich rufe später wieder an.«

»Wie schön für uns.«

Ich verließ die Zelle. Die Geräusche des Jahrmarkts klangen hier etwas gedämpfter.

Als die Zellentür zuschwang, steckte ich mir ein Stäbchen zwischen die Lippen und dachte nach. Die ersten Rauchwolken verteilten sich vor meinem Gesicht. Ich sinnierte über den Namen Nora Shane nach und kam zu dem Ergebnis, das ich ihn noch nie zuvor gehört hatte. Er war mir völlig unbekannt.

Wenn sie in London lebte, würden wir sie finden, das stand fest. Wenn ja, was hatte der Bärtige mit ihr vor? War er tatsächlich ihr Vater oder hatte er nur zu einer Ausrede gegriffen?

Im Moment war dieses Problem zweitrangig, denn mir fiel plötzlich ein, dass Suko verschwunden war.

Seltsam, er hätte eigentlich zurück sein müssen.

Ich warf die Zigarette zu Boden, trat die Glut aus und machte mich auf die Suche nach meinem Freund.

*

Nora Shane atmete tief durch, als der Wagen in die Garage rollte und mit der Stoßstange leicht gegen die Wand stieß. Wenn das geschah, wusste sie, dass er perfekt parkte.

Sie fiel zusammen.

Das heißt, sie ließ die Arme baumeln und ebenfalls die Seele. Sie wollte sich entspannen, zunächst an nichts mehr denken, denn die fünftägige Reise hatte sie geschlaucht.

Als Pharmareferentin war sie quer durch England gefahren und hatte sich tatsächlich beeilen müssen, um all die Termine zu wahren. Das Wetter hatte ihr einen Strich durch die Rechnung gemacht, sie war trotzdem sehr hart gefahren und hatte es letztendlich geschafft.

Zudem war sie erfolgreich gewesen. Zweimal hatte ein Arzt die Produkte ihrer Firma bestellt. Das gab wieder Prämien und einige Punkte nach oben in der Bewertungsskala.

Die fünfundzwanzigjährige Nora Shane gehörte zu den ehrgeizigen Menschen. Das war in ihrem Job als Krankenschwester nicht immer so gewesen. Da hatte sie mehr die soziale Komponente im Auge gehabt, doch später durch einen Bekannten erlebt, dass es nichts brachte. Er hatte sich den Beruf des Pharmareferenten ausgesucht und verdiente mehr als ein Arzt, was Nora zu denken gegeben hatte.

Sie schulte um.

Als Krankenschwester besaß sie die besten Voraussetzungen. Zudem gehörte sie zu den hübschen Frauen, die sich gleichzeitig bewegen und verkaufen konnten, wie man ihr auf den Kursen lobend bestätigt hatte. Sie hatte sehr schnell ein Gebiet zugeteilt bekommen und dann versucht, es auszuweiten.

Viel Arbeit, aber auch gutes Geld – ein beim ersten Hinsehen lobenswertes Leben, was aber nicht so ganz stimmte, denn bei ihrer Tätigkeit kamen Freundschaften zu kurz. Da war es ihr kaum möglich, Bindungen einzugehen, denn diese wiederum mussten gepflegt werden. Hätte sie das getan, wäre dies auf Kosten ihres Job gegangen, und Nora hatte sich eben für den Beruf entschieden.

Natürlich war sie keine frustrierte Jungfrau. Was der Körper verlangte, das gab sie ihm auch. Hier und da ein paar flüchtige Bekanntschaften, Männer, die ebenso waren wie sie.

Man lernte sich kennen, man ging zusammen ins Bett, man war nett, man trennte sich wieder.

Nur keine tiefen Gefühle zeigen.

Nora fuhr einen Audi 80. Sie mochte dieses handliche Fahrzeug und liebte auch dessen schwarzen Lack. Sie stieg aus, holte vom Rücksitz ihren Koffer, der Kleidung und Geschäftsunterlagen enthielt. Mit mehr Gepäck wollte sie sich nicht abschleppen. Knapp zweihundert Meilen Fahrt lagen hinter ihr. Zwar fühlte sie sich nicht erschöpft, doch irgendwie down. Sie brauchte eine Dusche, einen kleinen Imbiss und einen Drink. Nur über die Reihenfolge war sie sich noch nicht im Klaren. Wahrscheinlich würde sie den Drink zuerst nehmen.

Nora verließ die Garage und ging über den plattierten Hof. Sie wohnte in einem kleinen Apartment, das in einem sechsstöckigen Haus untergebracht war. Es lag in einer ziemlich ruhigen Gegend und inmitten einer neu angelegten Grünanlage.

Im Flur traf sie eine Nachbarin, die ebenfalls von der Arbeit kam. Sie war selbstständig und führte eine kleine Boutique.

»Hi, Nora, Sie Treulose!«

»Warum?«

»Sie wollten mich in meinem Lädchen immer mal besuchen.«

Nora schaufelte ihr langes, rotblondes Haar zurück und lehnte sich neben dem Lift gegen die Wand. »Das werde ich auch, Alexa, aber nicht heute. Ich komme von einer Tour zurück.«

»Erfolgreich?«

»Kann man wohl sagen.«

»Das freut mich.« Die dunkelhaarige Alexa lächelte. Sie trug ein kurzes schwarzes Kleid mit orientalischer Stickerei. Nora kam sich in ihrem Designerkostüm direkt unmodisch vor, aber da gab es eben bestimmte Vorschriften, was ihre Berufskleidung anbetraf.

»Ich werde auch vorbeischauen, das verspreche ich. Sobald ich Luft habe.«

»Ich freue mich. Tschau…«

Alexa ging, Nora drückte auf den Knopf, und die Lifttüren öffneten sich. Sie stieg in die Kabine und fuhr in den sechsten Stock. Die Augen halb geschlossen, lehnte sie an der Liftwand. In den nächsten Stunden wollte sie Ruhe haben, nur Ruhe.

Auf dem kurzen Weg zwischen Lift und Wohnungstür kam ihr sogar der Koffer noch schwerer vor als sonst. Ihr fiel ein, dass sie nicht einmal unten in den Briefkasten geschaut hatte, aber das ließ sich nachholen.

In der Wohnung staute sich die Wärme. Nora stellte den Koffer in das kleine Schlafzimmer und öffnete zunächst einige Fenster, damit Durchzug herrschte und ein Luftaustausch stattfand.

Die Kostümjacke hatte sie über das Bett geschleudert. Sie schlenkerte die Schuhe von den Füßen, öffnete die Knöpfe ihrer Bluse, blieb auf dem kleinen Balkon stehen und massierte einige bestimmte Stellen oberhalb des Schlüsselbeins.

Nora liebte Lindgrün. Dementsprechend hatte sie auch ihre Wohnung eingerichtet. Lindgrüne Sessel aus Rattan, eine Farbe, die sich in den Polstern und den zahlreichen Vasen wiederholte, denn sie sammelte Vasen und hatte sie überall in der Wohnung verteilt.

Die Reihenfolge hielt sie nicht ein, denn der Drink war ihr jetzt wichtiger.

Sie machte es wie James Bond, mixte Martini und Wodka zusammen und rührte um. Auf eine Olive verzichtete sie. Mit dem fächerförmigen Glas in der Hand durchquerte sie den Wohnraum und ließ dabei ihre Blikke über die Wände gleiten, wo zahlreiche Bilder hingen, die vom Grundmotiv her auch eine lindgrüne Farbe zeigten. Aquarelle, die sie von ihren Reisen mitgebracht hatte. Nur auf der Letzten hatte sie nicht die nötige Zeit gefunden.

Manchmal malte sich ihr Gesicht schwach in den Glasflächen der Bilderrahmen ab.

Sie konnte zufrieden sein. Selbst über die Sommersprossen ärgerte sie sich nicht mehr. Sie passten zu dem blondroten Haar ebenso wie die weichen Lippen.

Um die Farbe ihrer Augen zu intensivieren, legte sie stets einen leicht grünlich schimmernden Lidstrich an, denn mit den Augen zu betören war eine Sache, die sie beherrschte und die bereits so manches Verkaufsgespräch entschieden hatte. Zu ihren Gunsten, versteht sich.

Wieder einmal endete ihre Wanderung vor der kleinen Hausbar. Die Flaschen standen in einer Etagere aus Rattan. Das Möbelstück sah aus wie drei übereinander gestellte Würfel. Es hatte keine Glasscheiben an den Seiten, war voll zugänglich, und sie dachte daran, dass man auf einem Bein nicht stehen konnte.

So mixte sie den zweiten Drink.

Zwar hatte Nora schon im Hotel geduscht, das lag aber einige Stunden zurück. Sie fühlte sich verschwitzt und wollte nach dem zweiten Duschen den Rest des Tages so richtig schön ausklingen lassen, denn am nächsten Morgen würde sie im Büro ihres Chefs sitzen und ihm Bericht erstatten müssen.

Erst in der nächsten Woche ging es wieder auf Tour. Bis dahin musste sich das Wetter einfach gebessert haben, denn jetzt schaute sie auf graue, dicke Wolken.

Es regnete nicht. In der Luft aber hing ein trüber Schimmer, der sensible Menschen unglücklich machen konnte.

Nach zwei Schlucken hatte sie auch den Drink gekippt und drehte sich um.

Ihr fiel ein, dass sie im Kühlschrank noch ein Fertiggericht stehen hatte. Gerade recht für die Mikrowelle.

Und dann fiel ihr noch etwas ein.

Die Katze war weg!

Mit der flachen Hand schlug sie gegen ihre Stirn. Es war der Stress, dass sie beim Eintreten nicht schon an das Tier gedacht hatte. Normalerweise kam ihr die Katze immer entgegen, um sie zu begrüßen. Sie strich dann an ihren Beinen entlang.

Benny hatte sie den pechschwarzen Kater getauft. Wenn sie auf Reisen war, wurde er von einer älteren Nachbarin versorgt, die Tiere sehr mochte. Benny vertrug sich auch mit deren Hund. Wahrscheinlich hielt er sich nebenan auf und war deshalb nicht zur Begrüßung erschienen.

Der Gedanke daran beruhigte sie einigermaßen. Sie wollte erst etwas essen und dann den Kater holen. Wie sie ihn kannte, würde er sogar das Nudelgericht aufschlecken.

Sie ging in die Küche. Um sie zu betreten, musste Nora Shane eine Schiebetür öffnen. Auch sie war lindgrün gestrichen und lief sehr weich in der Schiene.

Das Küchenfenster war ziemlich klein, quadratisch und befand sich an der Vorderseite des Hauses, wo der Ausblick nicht so gut war wie an der Rückseite.

Die Küche gehörte zu den Einbaumöbeln, die beim Einzug schon vorhanden gewesen waren. Nora hatte es nicht gewagt, sie auch lindgrün zu streichen.

Herd und Spülmaschine waren integriert. Darüber an der Wand befanden sich die Schränke. Unter dem Fenster bildete die Arbeitsplatte eine glatte Fläche.

Auf ihr stand auch die Mikrowelle.

Ein rechteckiger Kasten mit einer Glasscheibe davor und den Sensorknöpfen an der rechten Seite.

Die Scheibe war dunkler gehalten als das Gehäuse der Mikrowelle. Aber so dunkel doch nicht.

Nora Shane war irritiert. Das sah so aus, als würde sich etwas in der Mikrowelle befinden. So weit sie sich erinnern konnte, hatte sie nichts darin zurückgelassen. Der Apparat war zudem ausgeschaltet. Dennoch war es hinter der Scheibe so unnatürlich dunkel. Da schien etwas nicht zu stimmen.

Sie trat bis an die Kante der Arbeitsplatte und bückte sich, um in das Gerät hineinschauen zu können.

Das Dunkle verschwand nicht.

Und sogar noch mehr.

Innerhalb dieser Masse leuchteten zwei Kreise. Sie waren heller, fast wie Augen.

Etwas würgte sie. Plötzlich empfand sie die Stille in der Wohnung als bedrohlich. In ihrer Kehle hatte sich etwas festgesetzt, und sie musste einigermaßen tief durchatmen, um überhaupt den Arm heben zu können. Der Verschluss ließ sich leicht lösen. Ein kurzer Ruck, dann war alles erledigt.

Trotzdem verspürte sie Furcht.

Sie lauschte.

Die Stille blieb. Vergleichbar mit den grauen Wolken am Himmel, die sich gesenkt hatten.

Nora schluckte, schalt sich eine Närrin, die sich nur was einbildete. Dann gab sie sich einen Ruck.

Sie öffnete die Tür.

Da sah sie ihren Kater. Tot in der Mikrowelle!

*

Ich hatte mich auf der Kirmes umgeschaut und alles Mögliche gesehen, nur Suko nicht.

Dabei war das Gelände nicht einmal groß, dieser Jahrmarkt gehörte zu den kleinen, aber es gab trotzdem genügend Verstecke.

Ich dachte da an die Geisterbahn, die verschiedene Verstecke bot, an die Schaubuden mit ihren winzigen Garderoben, aber auch an gewisse Gräber, denn es war schon vorgekommen, dass die Polizei Leichen in der Nähe des Kirmesplatzes entdeckt hatte. Dieser hier grenzte an einen Parkplatz, der normalerweise als Abstellplatz für große Baumaschinen diente.

Aber auch der Junge im roten Anorak blieb verschwunden. Er war meine zweite Spur, und bei dieser auffälligen Kleidung hätte ich ihn einfach sehen müssen.

Ich hatte Pech auf der ganzen Linie, und diese Tatsache wiederum steigerte meine Unruhe. Da schien sich hinter meinem Rücken jemand lustig zu machen, den ich nicht sah und an dessen langer Leine ich hing. Immer öfter tauchte das Bild des älteren Mannes im senffarbenen Mantel vor meinem geistigen Auge auf.

Ich sah uns beide wieder in dem Wagen hocken und miteinander sprechen. Wer war dieser Mensch, der auf mich einen sehr sicheren Eindruck gemacht hatte?

Ich kam mit ihm nicht zurecht, ich hatte ihn nie zuvor gesehen. Er war ein Mensch, der eine außergewöhnliche Kleidung trug, die mit Mode nichts zu tun hatte, die eher zeitlos war. Das wiederum besagte, dass dieser Mensch auch aus einer anderen Epoche stammen konnte.

War es Besuch aus der Vergangenheit?

Auch das schloss ich nicht aus. Es war durchaus möglich, dass sich ein Zeittunnel geöffnet hatte, um diese Person aus einer anderen Dimension zu mir zu schikken, um mir zu sagen, dass ich seine Tochter Nora Shane suchen sollte.

Aber Shane hieß dieser Mann sicherlich nicht. Wenn er von einer anderen Welt abstammte, dann trug er auch einen fremd klingenden Namen. Dem Aussehen nach hätte er auch zum Versunkenen Kontinent Atlantis gepasst, was gar nicht einmal so von der Hand zu weisen war, denn oft genug hatte ich es in meinen Fällen gerade mit diesem Komplex zu tun bekommen, und ich wusste, dass Bewohner des Kontinents den Untergang überlebt hatten oder Wiedergeborene sich an ihr Leben in Atlantis erinnerten.

Mit diesen Dingen musste ich rechnen, aber die halfen mir zunächst auch nichts.

Suko blieb verschwunden!

Der Trubel umgab mich als nie abreißende akustische Kulisse. Es wehten mir zahlreiche Melodien entgegen, Hits aus den großen Lautsprechern, die sich überschnitten und zu einem akustischen Wirrwarr vereinten, der mir in den Ohren dröhnte.

Ich hatte etwa eine halbe Stunde gesucht und dachte daran, dass ich anrufen musste. Mein Rover stand auf dem Parkplatz. Neben dem großen Truck sah er direkt klein aus.

Ich wählte die Nummer und wusste wenig später Bescheid. Es waren tatsächlich an der von mir bezeichneten Stelle Aschereste gefunden worden.

»Was ist mit ihnen?«

Der Kollege lachte. »Nicht so eilig, Mr. Sinclair. Wir müssen sie noch untersuchen.«

»Fand man noch etwas?«

»Nein.« Er räusperte sich. »Wenigstens nichts, was von Bedeutung wäre. Sie können sich aber in zwei Stunden noch einmal melden. Dann werden wir eine genaue Analyse haben.«

»Gut, dann verbinden Sie mich mit folgender Nummer, bitte.« Ich sagte sie ihm auf und hörte kurze Zeit später das Knacken in der Leitung. Mir blieb noch Zeit, um über das Gehörte nachzudenken.

Dieser seltsame Fremde schien nicht gelogen zu haben. Er hatte von zwei Opfern gesprochen, von denen nichts als Asche zurückgeblieben war. Wenn das hundertprozentig stimmte, mussten sie auch hundertprozentig verbrannt worden sein, wobei ich nicht unbedingt davon ausging, dass sie ein Opfer der Flammen geworden waren.

Es gab auch andere Arten des Feuers. Blitze und Strahlen, die auf rein magischer Basis beruhten.

»Ja, bitte...«

Die Stimme des Kollegen von der Fahndungs- und Aufklärungsabteilung unterbrach meinen Gedankenstrom. Als ich meinen Namen sagte, bekam er einen leichten Schluckauf, da er mit mir schon einige böse Erfahrungen gemacht hatte.

»Worum geht es denn diesmal?«

»Nur um eine Frau. Sie heißt Nora Shane. Finden Sie bitte heraus, wo ich sie hier in London finden kann?«

»Machen wir doch glatt. Wie kann ich Sie erreichen?«

»Wir lassen die Leitung offen.«

»Auch gut.«

Ich hörte ihn noch pfeifen, als er die unmittelbare Nähe des Hörers verließ. Diesmal hatte ich ihm mit meinem Wunsch keine großen Probleme bereitet.

Allmählich bereitete mir der Fremde Probleme. Der trieb ein verfluchtes Spiel, das ich nicht durchschaute. Und so etwas ärgerte mich ungemein.

Zwei Tote sollte es bereits gegeben haben. Die Spuren wiesen darauf hin, dass er mir keinen Bären aufgebunden hatte. Wenn er tötete, ohne einen persönlichen Grund zu haben, dann sah das böse aus. Ich musste davon ausgehen, dass dieser Unbekannte erschienen war, um Angst und Schrecken zu bringen.

Meine Überlegungen blieben immer wieder an dem Begriff Atlantis hängen. Dieser Fremde hatte tatsächlich so ausgesehen, als würde er aus diesem Kontinent stammen. Und wie überall in der Welt und wie zu allen Zeiten hatte es auch in Atlantis Menschen gegeben, die unterschiedlich waren. Die einen standen auf der Seite des

Rechts, die anderen auf der des Unrechts. Wobei Letztere zudem mit finsteren Göttern, Götzen und Dämonen paktierten, sodass sie in die Lage gerieten, andere Menschen zu knechten. Es hatte damals böse Auseinandersetzungen gegeben. Magie gegen Technik, die auch den Atlantern bekannt gewesen war, wobei die Magie sich stets einen Vorsprung erarbeitet hatte.

»Sind Sie noch da, Mr. Sinclair?«

»Ich warte gern auf Sie.«

»Klar, ich habe auch einen Erfolg zu vermelden. Wir haben nichts über Nora Shane gespeichert. Sie scheint mir ein unbeschriebenes Blatt zu sein.«

»Die Anschrift, bitte.«

»Sie wohnt in Kensington.«

»Gute Gegend.«

»Finde ich auch.«

Er gab mir die genaue Adresse durch, die ich behielt. »Sonst noch was, Mr. Sinclair?«

»Im Moment nicht. Es kann aber durchaus sein, dass ich wieder auf Sie zukomme.«

»Lassen Sie sich ruhig Zeit, Mr. Sinclair. Es eilt überhaupt nicht. Glauben Sie mir.«

Ich musste lachen. »Kann ich verstehen.«

Nach dem Gespräch atmete ich zunächst tief durch. Fuhr ich hin, oder suchte ich noch einmal das Gelände der Kirmes ab?

Suko war kein kleines Kind mehr. Er wusste sich zu wehren, er hatte seine Erfahrungen. Ich ging davon aus, dass die Spur dieser Nora Shane für mich wichtiger war.

Mit einem Knall schwappte die Wagentür zu. Ich schnallte mich an und startete.

Irgendwie hatte ich das Gefühl, dass ich jetzt gebraucht wurde. Dennoch war mir nicht wohl, als ich das Gelände des Jahrmarkts hinter mir ließ. Denn auch der Gedanke an meinen Freund Suko ließ mich einfach nicht los...

*

Nora Shane stürzte ins Dunkel!

Es war dieser verdammte, nicht nachvollziehbare Wahnsinn, der sie plötzlich umklammerte. Eine innere Zange mit glühenden Zwingen, die ihr Bewusstsein erst umschlossen und dann daran zerrten.

Nichts war nachvollziehbar.

Das Loch im Küchenboden, das es nicht gab, die Dunkelheit, obwohl Tageslicht in den Raum fiel, und dann schrie sie.

Nein, sie glaubte nur zu schreien.

Tatsächlich drang nicht mehr als ein Wimmern durch ihren halb geöffneten Mund. Vergleichbar mit dem letzten Laut einer Katze, bevor sie ihr Leben aushaucht.

Es war einfach schrecklich...

Nora stand auf. Sie hatte keine Füße mehr, sie schwebte, das Grauen hauchte sie an, die Welt war nicht mehr dieselbe wie noch vor wenigen Sekunden. Jemand hatte sie brutal in zwei Hälften geschnitten, und sie befand sich in der dunklen, der mörderischen.

Die Angst fraß sie auf, und Nora wusste überhaupt nichts mehr. Sie dachte nicht, sie handelte nicht, ihr Gehirn gab keine Befehle weiter, sie war zu einer Statue der Panik geworden.

Wie lange sie so reglos vor der Arbeitsplatte gestanden hatte, wusste sie nicht zu sagen, aber sie erschrak über die Stille, denn die Laute waren verstummt.

Nora hörte sich atmen.

Es klang nicht normal. Stoßweise drangen die Zischlaute über ihre Lippen, als wollte jemand eine alte Lokomotive wieder auf Vordermann bringen. Als ihre Augenlider anfingen zu zucken, da stellte sie fest, dass sie allmählich wieder zu sich kam.

Tief atmete sie durch.

Diesmal normaler. Gleichzeitig versuchte sie, ihre Gedankenwelt wieder zu kontrollieren und sich den Tatsachen zu stellen.

Etwas drang scharf und beißend in ihre Nase, sodass dieser Geruch einen leichten Anflug an Übelkeit erzeugte.

Nora wusste nicht, woher er kam, bis sie sah, dass der hellgrüne Qualm aus der Mikrowelle kroch. Der verbrannte Katzenkörper sonderte ihn ab.

Tot!

Benny war tot!

Sie kam sich vor, als hätte sie die Sätze geschrien, aber sie explodierten nur in ihren Gedanken. Jemand hatte ihn auf die grauenvollste Art und Weise umgebracht, die man sich nur vorstellen konnte. Wahrscheinlich war er noch lebendig gewesen…

Als sie daran dachte, überkam sie das große Zittern.

Die Beine gaben nach. Zum Glück konnte sie sich auf der Arbeitsplatte abstützen.

Wer tat denn so etwas?

Sie konnte sich keinen Menschen vorstellen, der in der Lage war, ein Tier so grausam zu töten.

Ihre rechte Hand zuckte hoch. Es war mehr ein Reflex, und es sah aus, als wollte sie ihre tote Katze streicheln, was sie aber nicht fertig brachte, denn dicht vor der Öffnung zog sie die Hand wieder zurück. Erst jetzt konzentrierte sie sich auf die Übelkeit. Sie steckte tief in ihr, das Würgen war davon eine normale Folge, und sie hätte sich am liebsten übergeben, was sie aber nicht schaffte.

Stattdessen ging sie zurück.

Schritt für Schritt. So wie jemand, der lange im Krankenhaus gelegen hatte und sich ziemlich ungelenk bewegte. Sie schlich nach hinten, hörte das Geräusch der Sohlen, als sie über den Boden schleiften, und stieß mit dem Rücken gegen die Tür des hohen Kühlschranks, wo sie zunächst stehen blieb.

Zwischen ihr und der Mikrowelle lag eine genügend große Distanz. Eigentlich hätte sie sich erholen können, aber es wurde noch schlimmer. Aus der Entfernung sah der verbrannte Katzenkörper aus, als würde er sich leicht bewegen.

Nora bildete sich das ein, das wusste sie, und sie fuhr mit der Handfläche durch ihr Gesicht, als wollte sie dadurch den schrecklichen Anblick vertreiben.

Er blieb!

Er war da, er würde immer bleiben, er würde ihr klarmachen, dass jemand ihre Wohnung betreten, sich umgeschaut und schließlich die Katze gekillt hatte.

Ein Fremder in der Wohnung – furchtbar! Und sie war nicht zu Hause gewesen.

Sicherheit Ade!

Ihre Gedanken zuckten. Sie wollte nicht mehr auf die tote Katze schauen und drehte den Kopf zur Seite. Allmählich dachte sie klarer. Auch das Muster des Teppichs verschwand nicht vor ihren Augen. Wieder fiel ihr der Begriff der Sicherheit ein.

Er war pervertiert worden, denn jemandem war es gelungen, in ihre abgeschlossene Wohnung einzudringen und den Kater zu töten. Einfach so, ohne dass es jemand bemerkt hätte.

Diese Tatsache nagte wie Säure in ihr. Sie fühlte sich ausgelaugt, sie war kaum in der Lage, einen klaren Gedanken zu fassen. Das Karussell ihrer Gedanken drehte sich in einem wilden Wirbel, und Nora wunderte sich selbst darüber, dass sie anhalten konnte.

Man drang nicht einfach in eine fremde Wohnung ein und tötete eine Katze. Nein, das tat man nicht. Wenn man es trotzdem tat, dann musste dieser verfluchte Eindringling ein Motiv haben.

»Warum?«, hörte sie sich mit der Stimme einer Fremden sprechen. »Warum tut jemand das? Wer ist so pervers?«

Sie konnte sich keinen vorstellen, denn sie hatte niemandem etwas getan, und Benny erst recht nicht.

Weshalb tötete man dann den Kater?

Sie verließ die Küche. Der Weg durch die offene Schiebetür kam ihr vor wie eine Grenze, die sie überschreiten musste, um die Dunkelheit zu verlassen.

Jetzt stand sie im Licht, aber die Gedanken beschäftigten sich auch weiterhin mit dem Schrecken.

Sie schüttelte sich. Ein Schauer rann über ihren Rükken. Die Furcht saß wie ein Messer in ihr. Ein sehr langes Messer, zudem mit einer breiten Klinge versehen, die irgendeine unsichtbare Hand in ihrem Leib umdrehte, um die Schmerzen zu vervielfachen.

Es waren Phantomschmerzen, ausgeschickt von ihrer Seele oder von ihrer Psyche.

Was sollte sie tun?

Weglaufen, den Kopf in den Sand stecken? Der Nachbarin Bescheid geben und sie fragen, ob ihr etwas aufgefallen war?

Nora wusste es nicht. Sie wollte es auch nicht wissen. In ihrer Nase brannte noch immer der Qualm, den der verkohlte Katzenkörper abgegeben hatte.

Die Polizei anrufen!

Ja, das war die einzige Möglichkeit. Sie musste sich mit den Beamten in Verbindung setzen, allein kam sie nicht weiter. Das lindgrüne Telefon stand auf einer kleinen Konsole. Sie machte sich auf den Weg dorthin und stellte fest, dass sie noch immer zitterte. Zweimal musste sie sich abstützen.

Der Zettel lag neben dem Telefon!

Er war einfach nicht zu übersehen, vor allen Dingen dann nicht, wenn jemand direkt daneben stand wie Nora.

Und er war beschrieben.

Sie hatte bisher keine Brille gebraucht. Als sie gegen den Zettel schaute, da hätte sie gern eine aufgesetzt, denn die Buchstaben tanzten vor ihren Augen.

War er für sie bestimmt? Hatte etwa der Killer eine Nachricht hinterlassen?

Wer so pervers war und ein unschuldiges Tier umbrachte, dem traute sie einfach alles zu.

Mit zitternden Fingern griff sie nach dem Zettel. Sie musste zweimal ansetzen, um den Text lesen zu können, holte dabei tief Luft und stotterte die Worte flüsternd vor sich hin.

»Wir werden bald wieder zusammen sein, meine Liebe. Ich freue mich auf dich, Nora – dein Vater!«

Sie las einmal, sie las zweimal und auch ein drittes Mal. In diesem Augenblick begriff sie die Tragweite des Ganzen, und sie merkte plötzlich, dass es fremde, unheimliche Kräfte waren, die sie umgaben. Kräfte, die rational nicht erklärt werden konnten, die möglicherweise aus einer anderen Welt stammten, die…

Ihr Vater war tot!

Beinahe brutal stachen die drei Worte durch ihr Gehirn. Verdammt noch mal, er war tot. Er hatte diese Welt vor mehr als drei Jahren verlassen und war ihrer Mutter gefolgt, die einen schrecklichen Krebstod erlitten hatte.

Und jetzt das!

Aus dem Reich der Toten hatte man ihr eine Nachricht übermittelt. Aber das konnte sie nicht glauben. Nein, das war einfach nicht möglich. Wer tot und begraben war, der kam nicht mehr zurück. Man hatte sich mit ihr einen perversen Scherz erlaubt.

Wenn das alles stimmte, was sie annahm, dann musste ein Toter ihre Wohnung betreten haben, um den Kater zu killen. Der Tote, der gleichzeitig ihr Vater gewesen war.

Das packte sie nicht.

Das wollte nicht in ihr Hirn.

Da weigerte sie sich einfach.

Nora ging rückwärts. Sie hatte Glück, dass einer der Sessel in der Nähe stand, und sie fiel auf den ebenfalls lindgrünen Kissenbezug des Rattanmöbels. Das Material seufzte unter der Last, als sich Nora Shane hineindrückte.

Ihr Vater, ihr Vater!

Nein, das konnte nicht sein. Er war tot. Noch deutlich erinnerte sie sich an seine Beerdigung, die zu dem Schrecklichsten gehörte, was sie je erlebt hatte.

Und jetzt…

Nora konnte nicht länger sitzen bleiben. Sie stand auf und wollte zum Telefon gehen. Sie musste sich einfach mit der Polizei in Verbindung setzen, sie musste sich Rat holen. Die Beamten würden hier erscheinen und Spuren sichern. Möglicherweise hatte der Täter welche hinterlassen, die ihr mit bloßem Auge nicht aufgefallen waren.

Für Nora Shane blieb es beim Vorsatz. Sie schaffte es nicht mehr, das Telefon zu erreichen, als es an der Wohnungstür klingelte. Obwohl ein weicher Klang durch den Raum wehte, kam er ihr plötzlich hart und fordernd vor.

Sie blieb stehen, und auch das letzte Blut wich aus ihrem Gesicht. Wer konnte das sein?

Ein schrecklicher Gedanke schoss in ihr hoch. Vielleicht war es der Mörder ihres Katers. Man hörte ja sehr oft, dass es den Täter immer wieder an den Ort des Verbrechens zurückzog.

Allein mit einem Killer!

Die unbekannte Person schellte weiter.

Nora hatte sich auch für heute nicht verabredet, sie erwartete keinen Besuch. Vielleicht war es wichtig. Ihre Gefühle rissen sie hin und her. Sie wusste kaum, wie sie sich entscheiden sollte. Es war der Balanceakt über einen sehr schmalen Grat, bei dem sie leicht kippen konnte.

Die Chancen standen fünfzig zu fünfzig.

Sie entschied sich positiv. Als es zum vierten Mal schellte, befand sich Nora schon im Flur und sah die Tür mit dem Guckloch vor sich. Sie presste ihr Augen gegen die Optik, schaute hindurch und sah einen blonden Mann, der keinen unsympathischen Eindruck machte und auch nicht aussah wie ein Mörder.

Aber wer sah schon aus wie ein Mörder?

Sie öffnete die Tür, bevor der Fremde noch einmal schellen konnte. Die Kette ließ nur eine spaltbreite Öffnung frei.

»Ja bitte? Wer sind Sie?«

»Mein Name ist John Sinclair.« Der Mann lächelte jetzt und holte etwas aus der Tasche hervor, das amtlich aussah und es auch war. »Ich bin Scotland Yard-Beamter.«

»Polizei?«

»Ja.«

»Mein Gott, kommen Sie herein, bitte.« Mit zitternden Fingern löste Nora Shane die Kette…

*

Suko hatte damit gerechnet, dass es ihm leicht fallen würde, dem Jungen auf den Fersen zu bleiben. In seinem roten Anorak war er einfach zu auffällig.

Aber Suko musste feststellen, dass dies nicht so einfach war. Der Junge dachte gar nicht daran, sich normal zu benehmen. Er tat so, als hätte er es eilig und würde von zahlreichen Menschen verfolgt, denn er wischte vor Suko her und lief mehr als einmal Zickzack, wobei er es immer wieder schaffte, Menschen zwischen sich und den verfolgenden Inspektor zu bringen.

Auf jeder Kirmes gibt es gewisse Plätze, wo sich die Jugendlichen treffen.

Das war auch hier nicht anders.

An einer sehr schnellen Berg- und Talbahn drängten sich die jugendlichen Gestalten zusammen. Die wenigsten fuhren, die meisten schauten nur hinein in den rasenden Wirbel der Wagen und schienen sich an dem Luftzug zu erfreuen, der über Gesichter hinwegstrich, als wollte er sie kämmen.

Noch einmal sah Suko die rote Jacke des dunkelhaarigen Jungen. Da sprang er bereits mit einem Satz auf das Podest und lief auf das Kassenhäuschen zu, das sich an der linken Seite und erhöht vom übrigen Niveau befand.

Suko drängelte nach.

Ob Zufall oder Absicht. Jedenfalls stellten sich ihm einige Gestalten in den Weg, grinsten provozierend und zwangen den Inspektor, sich rechts an ihnen vorbeizuschieben, wobei er gefährlich nahe an die herumsausenden Fahrzeuge geriet.

Als der Weg wieder frei war, sah er die zahlreichen Zuschauer, nur den Jungen nicht.

Schreie umwehten ihn. Sie drangen aus dem Mündern der in den Wagen sitzenden Fahrgäste. Die Fliehkraft presste sie dicht gegeneinander. Manche klammerten sich fest, andere wiederum hatten die Arme weit nach oben gestreckt und jubelten.

Suko drängte sich an der Schlange vor der Kasse vorbei. Er stand jetzt auf der Höhe. Rechts neben ihm raste die Bahn in den dunklen Tunnel eines künstlichen Waldes hinein.

Breite Holzstufen führten hinter der Kasse wieder auf das normale Niveau des Platzes. Über diesen Weg musste auch der Junge verschwunden sein.

Natürlich machte sich Suko über das Verhalten des Jungen Gedanken. Wer sich so schnell verdrückte, hatte einiges zu verbergen, der wusste mehr, aber Suko gab es auf, nach ihm zu suchen.

Stattdessen trat er den Rückweg an und ging dorthin, wo sein Freund John Sinclair mit den Wagen der Achterbahn gestartet war. Er kam nur die Hälfte der Strecke weit, denn plötzlich schob sich jemand von der rechten Seite an ihn heran.

Suko erkannte den Jungen zunächst nicht, weil ein großer Bausch Zuckerwatte dessen Gesicht verbarg, aber er sah den roten Anorak, und das reichte ihm.

»Da bist du ja.«

Der Junge nickte und leckte an der süßen Watte.

»Warum bist du denn geflohen?«

Wieder schnellte die Zunge hervor und glitt an der Watte entlang. »Bin ich das?«

»Es kam mir so vor.«

»Ich wollte nur etwas ausrichten.«

»Das hast du getan.«

»Eben.«

»Und jetzt?«, fragte Suko.

Der Junge stand vor ihm. Er leckte jetzt seitlich gegen die Watte, seine Lippen waren verschmiert. Suko hatte beschlossen, ihn nicht mehr aus den Augen zu lassen.

»Ich habe dich gefunden.«

»Soll ich auch etwas tun?«

Die Hand sank nach unten. Suko schaute in das Gesicht mit den dunklen Augen.

»Willst du es denn?«

»Sicher.« Suko nickte.

»Dann bringe ich dich hin.«

»Zu wem?«

Der Junge hob die Schultern. »Ich bin nur ein Bote. Ich arbeite mal hier und mal dort. Ich ziehe mit, verstehst du?«

»Wie alt bist du?«

»Vierzehn.«

Suko konnte sich vorstellen, dass der Kleine sein Alter um zwei Jahre nach oben gesetzt hatte, und er vermutete, dass dieser Kleine mehr wusste, als er zugegeben hatte. Er gehörte zu den Eingeweihten.

»Du kannst dich an meinen Freund erinnern?«

»Klar doch.«

»Dann sag mir, wen er treffen wollte.«

Der Junge hob die Schultern. »Einen wichtigen Mann, mehr weiß ich auch nicht. Aber lass uns gehen, sonst ist es zu spät. Ich glaube, ich weiß, wer dich erwartet.«

»Da bin ich gespannt.«

»Komm mit.« Er drehte sich um und ging vor, ohne einen Namen gesagt zu haben.

Es war nicht weit. Und fast hätte es sich Suko denken können, denn sie gingen auf die Geisterbahn zu. Der Inspektor erreichte seinen Führer mit einem schnellen Schritt. »In der Geisterbahn?«

»Hast du Angst?«

»Kaum.«

Er schaute ihn von unten her an. »Komm, ich lade dich ein. Es wird bestimmt toll werden.«

»Wie du willst.«

Das Misstrauen keimte in Suko hoch. Der Junge ließ ihn stehen und sprach mit einer Frau im Kassenhäuschen. Sie nickte zweimal und deutete auf einen Wagen, der auf dem Nebengleis abgestellt worden war.

»Wir können damit fahren.«

»Du schaffst wohl alles, wie?«

Der Junge grinste nur, bevor er sich unter dem Gitter wegduckte. Suko tat es ihm nach, beide wurden von der Kassenfrau beobachtet, die aber nicht eingriff.

»Wie heißt du eigentlich?«

Der Junge lächelte. Er stieg ein. »Alle sagen Sing zu mir.«

»Ein seltsamer Name.«

Finde ich auch.« Sing klopfte neben sich auf den Sitz. »Los, willst du dich nicht setzen?«

»Natürlich, gern.«

Es war etwas eng in dem kleinen Fahrzeug, was aber nichts machte. Suko wollte wissen, wohin das Gleis führte und ob es eine Verbindung zu dem normalen gab.

»Ja, die gibt es. Aber wir werden sie nicht nehmen, die Weichen sind anders gestellt.«

»Das beruhigt mich ungemein. Ich möchte nicht gern mit irgendwelchen anderen Wagen kollidieren.«

»Was ist das – kollidieren?«

»Zusammenstoßen.«

»Aha.« Sing gab der Frau an der Kasse ein Zeichen. Sie trug eine schwarze Leinenmütze mit einem Schirm aus Kunststoff. Als sie ihre rechte Hand bewegte und einen Kontakt herumlegte, wurde der Wagen, in dem Sing und Suko saßen, vorgeschoben. Die anderen waren für einen Moment gestoppt worden, was kaum auffiel, denn Proteste gab es nicht. Sie rollten auf dem normalen Gleis weiter und der mit einer Fratze bemalten Holztür entgegen, die in der Mitte aufklaffte, die Fratze in zwei Hälften teilte und einen dunklen Schacht freilegte.

Der kleine Wagen rollte rumpelnd hinein, und Suko fragte sich, ob er richtig gehandelt hatte. Er war jetzt von seinem Freund John getrennt, und er kam sich vor wie jemand, der in eine Tiefe hineinrollte, die unauslotbar war.

Gleichzeitig dachte er daran, dass er diesen Weg nicht freiwillig gefunden hatte. Auf irgendeine Art und Weise kam es ihm vor, als wäre er gelenkt worden. John in die eine und er in die andere Richtung. Beide strebten auseinander, und sie würden irgendwann wieder zusammenkommen, das hoffte er.

Hinter ihnen schloss sich die Tür.

Sing saß rechts neben Suko. Bevor es dunkel wurde, hatte er noch einen kurzen Blick in das Gesicht des Jungen geworfen und auf dessen Lippen das Lächeln erkannt, das dort wie eingefräst lag.

War es wissend?

Seine Gedanken erhielten einen Riss, denn der kleine Wagen wurde in eine derart scharfe Rechtskurve gedrückt, dass er beinahe den Halt verloren hätte und über den Rand hinweggekippt wäre. Er klammerte sich an der Stange fest.

»Das ist nicht der normale Weg, nehme ich an.«

»Stimmt.« Die Antwort hatte ein hohles Echo bekommen. Für Suko ein Beweis, dass sie sich in einem sehr großen Raum mit hoher Decke befanden. »Wir fahren durch ein Lager, durch eine zweite Strecke, die nur bei großem Andrang geöffnet wird.«

»Wie schön.«

»Jetzt wirst du kaum etwas sehen«, sagte Sing.

Da hatte er Recht, denn die Finsternis war wie ein Lappen, den jemand über die beiden gestülpt hatte. Suko nahm auch einen anderen Geruch war. Es roch alt, es roch staubig, die Luft schien zu flimmern, und sein Hals trocknete sehr schnell aus.

Der Wagen rollte weiter.

Er rumpelte über die Schienen, manchmal quietschte er auch. Die geraden Strecken überwogen. Die Strecke führte leicht bergauf. Mittlerweile hatten sich Sukos Augen an die finstere Umgebung gewöhnt.

Hellere Flecken erschienen, die von oben nach unten hingen wie breite Perlenvorhänge. Da musste von irgendwo ein hellerer Schein durch die Decke sickern, der aussah wie bleiches Mondlicht, das seine Streifen verteilte.

Manchmal sah es aus, als würden sie gegen einen der Schatten fahren, die im Weg standen.

Immer wieder schaffte es das Fahrzeug, die Kurve zu kriegen, sodass sie diese Schatten – sicherlich kompakte Gegenstände – nicht einmal berührten.

Etwas strich durch Sukos Gesicht. Als er zusammenzuckte, lachte Sing auf. »Das waren die Klauenhände.«

»Wie nett.«

»Wir sind gleich da.«

»Okay, darauf warte ich schon die ganze Zeit. Kannst du mir sagen, wen ich dort treffe?«

»Warte es ab.«

»Ungern.«

Sing amüsierte sich. Suko spürte den Druck des Ellbogens an seiner Hüfte. »Du bist doch so stark, jedenfalls siehst du so aus. Kann dich noch etwas erschüttern?«

»Manchmal schon.«

Sie hielten. Es war kein normales Aus- oder Weggleiten, sie stoppten mit einem Ruck, dessen Gegenreaktion sie nach vorn schleuderte und sie nachgreifen mussten.

Der Wagen bewegte sich um keinen Zoll. Suko drückte die Haltestange zurück und wollte aussteigen, aber Sing hatte etwas dagegen. Er legte ihm seine schmale Hand auf den Arm. »Nein, warte«, wisperte er ihm zu, »es geht alles automatisch.«

»Wie…«

»Da, das Licht!«

Suko starrte nach vorn. Er war überrascht und angetan, denn das Licht sah aus, als würde es aus einer Welt stammen, die irgendwo im Nichts lag und erst jetzt einen Gruß schickte.

Suko konnte dieses Licht nicht als gelb, weiß oder hell beschreiben, obwohl alle drei Komponenten darin vertreten waren, am stärksten jedoch war der bläuliche Schein, der auch einen Stich ins Grünliche hatte und der so gut wie gestaltlos war, zudem schmal und zugleich unermesslich lang. Das Licht stammte von irgendwoher, möglicherweise aus einer anderen Welt, wobei es der Schein geschafft hatte, Brücken zwischen Welten und Zeiten zu bilden.

Noch lag er ruhig da, von beiden angestarrt, und Suko hörte neben sich das schnelle Flüstern.

Sing redete in einer Sprache, die er schon gehört hatte, aber nicht wusste, wo. Er unterbrach den Jungen.

»Was sprichst du da?«

»Kannst du mich nicht verstehen?«

»Nein.«

»Dann bist du möglicherweise der Falsche.«

»Kann schon sein. Aber wofür der Falsche?«

»Für die Aufgabe. Ich spreche in der uralten Sprache der Atlanter. Hörst du?«

Suko saß da wie ein Denkmal. Natürlich, es war die alte Sprache der Atlanter, deshalb hatte er sich auch irgendwie an sie erinnert, oder sie war ihm zumindest bekannt vorgekommen.

Und der Junge kannte sie.

Welch ein Rätsel!

Aber auch lösbar...

Bestimmt – und Suko rechnete damit, dass er sogar in den folgenden Minuten die Antwort finden würde.

»Woher kennst du diese Sprache?«

»Wir kennen sie alle hier.«

»Wer ist wir?«

»Meine Familie.«

Das konnte man glauben oder nicht. Suko glaubte dem Jungen. Er fuhr mit der Zungenspitze über seine trockenen Lippen und dachte daran, dass der Name Kara gefallen war. Er allein hatte dafür gesorgt, dass Suko und sein Freund John überhaupt hergekommen waren. Sie war die erste Brücke zu dem längst versunkenen Kontinent gewesen, die Sprache des jungen Sing die Zweite.

Wie sollte das enden?

Er wusste nichts, er kam sich plötzlich verloren vor, und wurde wieder an einen Spielball erinnert.

Im Licht bewegte sich etwas.

Suko konnte nicht erkennen, ob vorn oder hinten. Die Perspektiven waren einfach zu verschwommen.

Aber es kam jemand.

Füße berührten den Boden so gut wie nicht. Die Gestalt schwebte herbei. Ein Wesen, das Raum und Zeit überwinden konnte. Sing stöhnte neben Suko auf. Der Inspektor konnte sich vorstellen, dass ein Schauer über den Körper des Jungen rieselte.

Die Gestalt nahm Umrisse an. Suko erkannte, dass er einen Frauenkörper vor sich hatte.

Dunkle Haare, die ein fein geschnittenes Gesicht umwehten, das auch die Bezeichnung klassisch verdiente. Ein langes Kleid, dessen Farbe von dem Glanz des Lichtes aufgesogen wurde, sodass sie beinahe eins waren. Aber das alles war nur zweitrangig für den Beobachter. Suko holte tief Luft, sogar im Dunklen lächelte er, denn er hatte die Frau erkannt, die auf sie beide zuschwebte.

»Freut es dich?«, erkundigte sich Sing leise.

»Das kannst du wohl sagen.«

»Muss ich dir den Namen noch nennen?«

Suko schüttelte den Kopf. »Das brauchst du nicht. Ich weiß, wer sie ist. Kara, die Schöne aus dem Totenreich…«

*

Ich war überrascht. Hatte diese für mich fremde Frau mich etwa erwartet?

Wohl kaum, aber eines stand fest: Nora Shane machte einen erleichterten Eindruck. Sie schloss die Tür sehr schnell hinter mir wieder zu, als hätte sie Angst davor, dass ich es mir anders überlegen und weglaufen könnte. Sie lehnte sich sogar mit dem Rücken dagegen, atmete einige Male tief durch, bevor sie hervorstieß: »Sie schickt der Himmel!«

»Wenn Sie das meinen.«

»Ja, das meine ich.«

Ich hatte längst erkannt, dass mit ihr einiges nicht in Ordnung war. Sie sah aus, als hätte sie geweint, jedenfalls waren ihre Augen gerötet. Das rotblonde Haar wirkte wie toupiert, und es sah jetzt aus wie ein leicht gefärbter Haufen Stroh, der auf ihrem Kopf wuchs. So sperrig und hart. Das Gesicht war blass. Dadurch traten die zahlreichen Sommersprossen noch stärker hervor.

Doch in ihren Augen stand der Frost.

Sie waren schön. Blaugrün, und sicherlich konnten sie auch warm schauen, aber in meinem Fall nicht. Da lagen die Pupillen wie eine dünne Eisschicht, hinter der tiefer Schrecken lauerte.

Nora Shane musste einiges durchgemacht haben. Ein tiefgreifendes Erlebnis hatte sie gezeichnet, das so schlimm gewesen sein musste, dass sie sogar froh gewesen war, mich, den Polizisten, zu sehen. Ich nahm mir vor, mit ihr sehr behutsam umzugehen.

»Wollen wir nicht in den Wohnraum gehen, Miss Shane? Nichts gegen Ihren kleinen Flur, aber auf die Dauer und für eine Unterhaltung ist er doch etwas ungemütlich, finde ich.«

»Nein, bitte nicht in den Wohnraum. Erst später.«

»Wie Sie wollen.«

»Lassen Sie uns in die Küche gehen. Ich – ich muss Ihnen dort etwas Schreckliches zeigen.« Sie senke den Kopf, fing übergangslos an zu weinen und sah so aus, als würde sie jeden Moment zusammenbrechen, deshalb stützte ich sie ab.

Nora fand ein Taschentuch, schnäuzte ihre Nase und tupfte auch die Augenwinkel trocken.

»Geht es wieder?«, fragte ich.

»Ja – ich hoffe.«

Sie führte mich in die Küche. Kaum hatten wir den kleinen Raum betreten, da versteifte sie in meinem Arm und ging nicht mehr weiter. Dafür hob sie den rechten

Arm und deutete nach vorn. Der Zeigefinger wies auf die Mikrowelle.

»Dort, Mr. Sinclair – dort…«

Ich wusste nicht, was es war, aber mir war der stechende Geruch aufgefallen, der den Raum durchzog. Für mich schwer zu identifizieren. Es stank aber verbrannt.

Ich ließ die Frau los, die sich abwandte und auf einen bunten Kalender schaute.

Ich duckte mich etwas, sah in die Mikrowelle.

Es war grauenhaft!

Zwei Augen glotzten mich starr an, als wären ihre Pupillen mit einem leichten Silberglanz bestrichen worden, der aber irgendwie tot und abgestumpft wirkte.

Die Augen gehörten zu einem Kopf, der Kopf zu einem Körper. Beides war verbrannt und verkohlt.

Ich dachte nach. Es dauerte eine Weile, bis ich begriff, was ich sah. Da hatte jemand eine Katze in den Herd gestopft und sie auf furchtbare Art und Weise regelrecht vernichtet.

Das war Horror pur!

Plötzlich verstand ich auch Nora Shanes Verhalten. Sie musste dieses Schreckliche unmittelbar vor meinem Kommen gesehen haben, und sicherlich war es ihre Katze, die in der Mikrowelle ums Leben gekommen war. Noch immer sonderte der Kadaver diesen ätzenden Geruch ab, der überall zu kleben schien.

Das Kratzen in meinem Hals wollte nicht weichen. Ich fühlte mich ebenfalls wie angeschlagen, war aber gezwungen, die Nerven zu behalten, um Nora nicht in eine noch größere Panik zu treiben. Hinter mir hörte ich sie atmen. Sie keuchte dabei und bewegte unruhig ihre Sohlen über den glatten Boden.

Ich drehte mich um.

Sie tat es im selben Augenblick. Wir schauten uns an. Ich stand so günstig, dass ich ihr die Sicht auf die Mikrowelle nahm und nur ihren fragenden Blick bemerkte.

»Sie – Sie haben es gesehen, Mr. Sinclair?«

»Ja, das habe ich.«

»Und?«

Ich nickte ihr zu. »Bitte, Miss Shane, lassen Sie uns in den Wohnraum gehen.«

Ich legte meinen Arm um sie. Dabei führte ich sie in ihrer eigenen Wohnung und erlebte wenig später die zweite Überraschung, als sie mir den Brief ihres »Vaters« zu lesen gab, während sie dabei war, Drinks einzuschenken.

Ich konnte einen Whisky gebrauchen, sie nahm Wasser und kippte etwas Gin hinein.

Als ich das Glas entgegennahm, berührten sich für einen Moment unsere Finger. Ihre waren eiskalt. Sogar das leichte Zittern spürte ich auf der Haut.

Wir tranken.

Nora stand vor mir und rang nach Luft. Sie hatte die Knöpfe der hellen Streifenbluse im oberen Drittel geöffnet, sodass ich ihre weiße Haut sehen konnte. Dicht unterhalb des Halses befand sich eine blutige Stelle. Wahrscheinlich hatte sie sich dort gekratzt. Sie trank und sprach nicht.

Erst als unsere Gläser leer waren, setzten wir uns. In

der Stille klangen die Bewegungen des Rattanholzes wie das schwere Seufzen leidgeprüfter Geister.

Der Tisch trennte uns. Er bestand aus einer Glasplatte, die einen lindgrünen Schimmer aufwies. Als Ständer dienten vier armdicke Metallfüße. Nora Shane schüttelte den Kopf, als wollte sie etwas aus ihrem Gedächtnis fortwischen. »Haben Sie die Nachricht gelesen?«, erkundigte sie sich beinahe scheu.

»Das habe ich.«

»Gut, Mr. Sinclair.«

»Dann könnte es sein, dass Sie Ihren Vater verdächtigen, am Tod der Katze beteiligt gewesen zu sein?«

Sie hob ihr Gesicht. In die Augen war wieder Leben zurückgekehrt. Allerdings einen Glanz, der mir nicht gefiel. Er wirkte entrückt, als hätte sie etwas erlebt, was nicht sein durfte und das sich in ihren Augen niedergeschlagen hatte.

»Mein Vater ist tot…«

Ich nahm die aus vier Worten bestehende Antwort hin und dachte zunächst nicht darüber nach.

Noch einmal wiederholte sie die Erklärung.

Da wurde ich aufmerksam.

Ich starrte sie an. »Wenn er tot ist, kann er Ihnen die Nachricht nicht geschrieben haben.«

»Das stimmt.«

»Und Sie sind ganz sicher?«

»Natürlich bin ich mir sicher. Ich war dabei, als er beerdigt wurde. Ich vergesse den Tag und die Zeit des Leidens niemals.«

Ich dachte nach, weil ich meine wirren Gedankenströme zunächst ordnen musste. Dann hob ich die Hand. »Miss Shane, ich möchte Sie jetzt etwas fragen und Sie bitten, mir eine Antwort zu geben, auch wenn es Ihnen ungewöhnlich vorkommen wird.«

»Bitte fragen Sie.«

»Wie sah Ihr Vater aus? Beschreiben Sie ihn mir.«

Nora zwinkerte mit den Augen. Mein Wunsch hatte sie fassungslos gemacht. »Wollen Sie das wirklich wissen?«

»Es ist wichtig.«

Sie hob beide Hände und knetete ihre Wangen. Ihre Mundwinkel bebten dabei. Die Erinnerung peitschte einen Sturm an Gefühlen in ihr hoch. Mit sehr leiser Stimme begann sie zu reden, ich musste mein Gehör schon schärfen. »Er – er war nicht einmal sehr alt, Mr. Sinclair. Er war groß und hatte rötliches Haar. Er stammte aus Irland, das Haar habe ich von ihm geerbt…«

»Also nicht weißhaarig?«

»Nein, selbst im Tode nicht.«

»Er trug auch keinen Bart?«

»Richtig.«

Ich blieb weiter am Ball. »Und in seinem Schrank hing auch kein senfgelber Mantel oder Umhang?«

»Stimmt auch.« Sie lachte unsicher. »Aber warum fragen Sie mich das, Mr. Sinclair?«

Ich konnte nicht mehr sitzen bleiben, stand auf, ging zum Fenster, ohne bewusst nach draußen zu schauen, und nahm die Wanderung durch das Zimmer auf. Dabei schaute ich zu Boden, suchte nach den richtigen Worten und erzählte ihr dann, was ich auf dem Jahrmarkt erlebt hatte und dass mir ein Mann, ihr Vater, den Namen seiner Tochter übermittelte, damit ich sie besuchte.

Nora Shane hatte mir zugehört. Sie hatte kein Wort gesagt. Sie war erstarrt. Selbst der Sessel knarrte nicht mehr.

»Nun?«, fragte ich.

»Aber das ist doch unmöglich.«

»Würde ich auch meinen.«

»Und weiter?«

»Ich habe es akzeptiert!«

Sie deutete mit dem gekrümmten Zeigefinger auf sich. »Und ich? Soll ich das auch akzeptieren?«

»Das überlasse ich Ihnen.«

Leben kehrte in ihre Augen zurück. Ein wildes, glutvolles Leben, beinahe ein kaltes Feuer. »Aber ich kann es nicht, Mr. Sinclair. Verstehen Sie das? Ich kann es einfach nicht akzeptieren, es tut mir Leid. Ich habe meinen Vater im Sarg liegen sehen, ich habe…«

»Schon gut, Nora, schon gut. Dann müssen wir eben davon ausgehen, dass Sie zwei Väter haben.«

»Nein. Einer lügt.«

Ich schaute sie an. »Und welcher?«

»Das steht für mich fest. Der Mann mit dem weißen Bart, der Sie auf dem Jahrmarkt ansprach. Nur der ist der Lügner, sonst keiner.«

»Aus Ihrer Sicht haben Sie Recht, Nora. Warum aber hat er mir erklärt, dass ich zu Ihnen, seiner Tochter gehen soll? Können Sie mir den Grund sagen?«

»Nein, das weiß ich nicht.«

»Das ist unser Problem.«

»Dann glauben Sie ihm mehr als mir.«

Ich lächelte. »Das weiß ich noch nicht. Aber lassen Sie uns über Ihren Vater reden.«

»Welchen meinen Sie denn?«, erkundigte sie sich voller Sarkasmus.

»Den Ihren.«

»Und was wollen Sie wissen?«

Ich setzte mich wieder ihr gegenüber. »Ich möchte gern von Ihnen erfahren, was Ihr Vater für ein Mensch gewesen ist. Wie er sich verhalten hat, was er beruflich tat, welchen Hobbys er nachging…«

Sie unterbrach mich durch ein scharfes Geräusch. »Und das, meinen Sie, bringt Sie einer Lösung näher?«

»Ich muss zumindest einen Versuch wagen. Als Polizist bin ich gewöhnt, in alle Richtungen zu denken. Ich darf mich auch nicht von meinen Gefühlen leiten lassen. So schwer mir dies oft genug auch fällt.«

»Das kann ich verstehen, Mr. Sinclair.« Sie rieb durch ihre Augen. »Aber Sie müssen auch mich verstehen: Was da auf mich eingestürmt ist, kann man als Mensch kaum akzeptieren. Können Sie mir einen Rat geben, Mr. Sinclair? Wissen Sie, was ich tun soll?«

»Es ist schwer«, erwiderte ich nach einer Pause des Nachdenkens, »aber es ist nicht unmöglich.«

»Dann sind Sie klüger als ich.«

»Das glaube ich nicht, Nora. Ich versuche nur, anders zu denken. Den Fall von einer Seite aufzurollen oder anzupacken, an die Sie möglicherweise nicht denken.«

Sie blickte mir ins Gesicht. In der Frau arbeitete es, das war mir klar. Die Vorgänge, mein Kommen einschließlich, hatten einen Sturm der Gefühle in ihr ausgelöst, den sie nicht kontrollieren konnte. Deshalb war sie zu keinem Gedanken fähig.

Aber sie begann damit, über ihren Vater zu reden, und sie tat es mit wohl gesetzten Worten, sodass ich mir sehr bald ein Bild von diesem Mann machen konnte, der sehr viel anders gewesen war als die übrigen Menschen. Verschlossener, dennoch von einer inneren Heiterkeit. Er war Erstverkäufer in einem Geschäft für Wassersport und Angelausrüstungen gewesen, und das Angeln hatte auch zu seinen Leidenschaften gehört, neben dem Lesen.

»Was las er denn?«, fragte ich.

»Alles.«

Ich musste lächeln. »Nehmen Sie es mir nicht übel, Nora, aber könnten Sie das nicht konkretisieren?«

Die Frau hob die Schultern. »In einem gewissen Maße schon. Mein Vater kannte die Literatur sehr gut. Er las Thomas Eliot ebenso wie James Joyce, Shakespeare oder Charles Dickens. Aber auch Poe, William Morris oder Bram Stoker gehörten zu seiner Literatur, in die ich Jules Verne ebenfalls einschließen möchte.«

»Hm!«, machte ich und legte die Spitze des Zeigefingers gegen meine Stirn. »Was Sie da gesagt haben, ist alles schön und gut, Nora. Gab es denn ein bestimmtes Gebiet, das ihn besonders fasziniert hat?«

»Zuerst nicht...«

»Später denn?«

»Ja, etwa ein Jahr vor seinem Tod begann es. Mein Vater interessierte sich plötzlich für die Fantastik. Er las

Bücher über fremde Welten, über versunkene Reiche. Ich weiß auch nicht, wo er sie aufgetrieben hat, aber er verschlang sie förmlich. An ein Buch kann ich mich besonders erinnern, weil es so alt war und sein Einband aussah, als würde er den folgenden Tag nicht überstehen.«

»Kennen Sie den Titel?«

»Sicher, den werde ich nie vergessen. Das Buch heißt Semerias!«

Sie legte eine Pause ein, wahrscheinlich wollte sie meine Reaktion abwarten. Aber die erfolgte nicht.

»Kennen Sie das Buch, Mr. Sinclair?«

»Nein, Nora, Sie denn?«

»Auch nicht. Mein Vater las es immer wieder. Er studierte es sogar und war jedes Mal begeisterter oder perplexer. Das kam immer darauf an. Ich hatte den Eindruck, als hätte er nach dem Zuklappen wieder neue Erkenntnisse gewonnen.«

»Über Semerias?«

»So ist es.«

»Und wer war dieser Semerias?«

»Das kann ich Ihnen nicht sagen. Mein Vater jedenfalls zeigte sich begeistert. Er sprach von einer tiefen, vollkommenen, wenn auch teilweise Furcht erregenden Wahrheit, die hinter den Texten in diesem Buch stecken sollte.«

»Wurde er Ihnen gegenüber nie konkreter?«

»Nein, das war er nie. Er verschloss sich. Ja, er war immer sehr nachdenklich und verschlossen. Wenn ich einmal Fragen stellte, reagierte er nicht darauf.«

»Weshalb nicht?«

Sie lächelte etwas verloren. »Er hielt mich noch für zu jung oder nicht reif genug für gewisse Geheimnisse der Welt. Ich habe auch nicht näher darüber nachgedacht, da ich als Krankenschwester beruflich ausgelastet gewesen bin.«

»Das sind Sie jetzt nicht mehr?«

»Ausgelastet schon, aber nicht mehr als Krankenschwester. Ich arbeite für einen Pharma-Konzern und besuche Ärzte. Dieser Job ist zwar auch stressig, aber er bringt mehr ein.«

»Und hat nichts mit Semerias zu tun?«

»Richtig.«

Ich schaute auf den Glastisch, wo meine Finger Spuren hinterlassen hatten. »Semerias also«, sagte ich leise, »ein Buch, ein besonderes Buch. Vielleicht ein Roman?«

»Keine Ahnung.« Nora schüttelte den Kopf. »Ich könnte mir vorstellen, dass es sich dabei mehr um ein Sachbuch handelt. Aber das sind reine Vermutungen.«

»Genau. Es wäre natürlich gut, wenn Sie das Buch noch hätten, Nora.«

Sie sprang plötzlich auf. »Das kann sogar stimmen. Ich habe einige Erinnerungsstücke von meinem Vater aufgewahrt. Da werden Sie das Buch bestimmt finden.«

»Wo sind diese…?«

Sie ließ mich nicht ausreden. »In meinem Schlafzimmer. Ich habe die Kiste in den Schrank gestellt, wollte sie immer mal wieder auspacken, doch ich fand bisher nicht den Mut dazu.«

»Dann schauen wir sie uns doch gemeinsam an.«

Auf dem Weg zum Schlafzimmer wollte sie wissen, ob uns das Buch so etwas wie eine Lösung brachte, was die drängenden Probleme der Gegenwart angingen.

»Das bleibt nur zu hoffen.«

Auch in dem kleinen Schlafzimmer mit dem französischen Bett wiederholte sich die Farbe lindgrün. Auf dem Weiß der Möbel hob sie sich als blasser Streifen ab und zeichnete die Längs- und Querseiten noch einmal genau nach.

Zwischen Bett und Schrank befand sich genügend Zwischenraum, um sich dort normal bewegen zu können. Nora Shane hatte eine der drei Schranktüren geöffnet. »Schauen Sie nicht so hinein, Mr. Sinclair, hier hängen nur die Sachen, die ich nicht mehr anziehe und bald fortgeben werde.«

»Lassen Sie das Mister mal weg.«

»Sie heißen John, nicht?«

»Gut behalten.«

Gemeinsam zerrten wir den Karton hervor. Er war nicht sehr groß, dafür ziemlich schwer und schien bis zum Deckel hin mit den gewichtigen Erinnerungen vollgestopft zu sein. Über die Faltstellen des Kartons war dunkelbraunes Klebeband gezogen worden, das wir zunächst noch entfernen mussten.

Wir schafften es mit vereinten Kräften. Zudem nahm ich meinen Silberdolch zu Hilfe, den Nora scheu anschaute, mir jedoch keine Fragen stellte, was die Waffe anging.

Schließlich konnten wir die beiden Kartonhälften aufbiegen, und der Inhalt lag vor uns.

Er war leicht zu beschreiben, es reichte ein einziges Wort.

Bücher!

Ich blieb knien, während sich Nora Shane erhob. »Das sind sie also, Mr. Sinclair...«

»John, bitte.«

»Sorry. Ob sich das bestimmte Buch dazwischen befindet, weiß ich nicht, gehe aber davon aus.«

»Das werden wir gleich haben.« Ich fing damit an, die Bücher aus dem Karton zu holen. Dabei warf ich jedes Mal einen Blick auf den Titel, fand den von mir gesuchten allerdings nicht.

Nora Shane hatte auf dem Fußende des Bettes ihren Platz gefunden. Ich lächelte zu ihr hoch, und sie lächelte scheu zurück. »Sie sind ein seltsamer Mann, Mr. Sinclair.«

»Oh – wie meinen Sie das denn?«

»Kann ich nicht genau erklären. Jedenfalls anders als die Polizisten, die man so kennt.«

»Keine Sorge, Nora, die meisten von ihnen sind schon okay.«

Sie schüttelte den Kopf. »So habe ich das auch nicht gemeint. Ich glaube kaum, dass jeder Ihrer Kollegen mir derartige Fragen gestellt hätte, finde ich.«

»Das kann schon sein«, gab ich zu.

»Dann sind Sie doch etwas Besonderes.«

»Nein, ich habe nur einen anderen Job. Ich beschäftige mich mit Dingen, die anders gelagert sind. Das geht dann meistens über die normale Polizeiarbeit hinaus.«

»Mit diesem Thema könnten Sie einen Abend füllen, wie?«

»Auch drei und vier.« Ich kramte weitere Bücher hervor. Sogar eine alte Bibel befand sich darunter. Sie stammte aus dem letzten Jahrhundert, war schon eine kleine Rarität.

Noch drei Bücher lagen im Karton sehr dicht nebeneinander, sodass kaum eine Lücke blieb.

Ich klemmte meinen rechten Zeigefinger zwischen Pappwand und eines der Bücher, holte es hervor und hielt ein Werk über Engel in der Hand. Es war von einem Österreicher geschrieben worden, der sich selbst als einen Propheten bezeichnete.

Ich legte es zur Seite, das nächste auch und nahm das letzte Buch hoch.

Ich schaute dabei gegen die Rückseite, wo der Titel natürlich nicht aufgedruckt stand.

Dafür auf dem Buchrücken.

Nora beugte sich vor. Sie fieberte vor Spannung. »Ist es das?«, flüsterte sie.

»Ja.«

»Und wie heißt es?«

»Einfach nur Semerias.«

Nora Shane drückte sich wieder zurück. Dass der Titel nichts mehr aussagte, schien sie zu enttäuschen. Sie fuhr durch ihr Haar und schaute mir dabei zu, wie ich das Buch drehte, um einen Blick auf die Vorderseite zu werfen.

Im selben Augenblick durchzuckte mich in Höhe der Brust ein heißer Schmerz.

Ich wusste sofort, was passiert war.

Mein Kreuz hatte reagiert!

*

Es war Kara, daran gab es nichts zu zweifeln, und Suko fühlte sich plötzlich gut.

Sie und er waren keine Feinde, im Gegenteil, sie standen auf einer Seite und kämpften gegen das Böse, sei dies nun neu oder aus ferner archaischer Zeit in die Gegenwart hineingedrungen, um dort Schrecken zu verbreiten.

Kara ging und schwebte zugleich. Das Licht umhüllte sie, wie der Schleier eine Traumgestalt umgab. Ob sie real war, wusste Suko nicht mit Bestimmtheit zu sagen. Ihm kam Kara vor, als befände sie sich noch zwischen den Welten, auf einem Strahl dahingleitend, der die verschiedenen Zeiten miteinander verband und dabei eine Brücke bildete.

Sie tat nichts, sie zog nicht ihre Waffe, das Schwert mit der goldenen Klinge, und sie sprach auch Suko nicht an. Der Inspektor ging deshalb davon aus, dass sie ihm noch eine gewisse Zeit lassen würde, bis sie selbst anfing.

Diese Spanne wollte er nutzen und wandte sich an den Jungen. »Ist sie es gewesen, die du mir zeigen wolltest?«

Er nickte.

»Du kennst sie?«

Er nickte wieder.

»Woher kennst du sie?«

Endlich gab er eine Antwort. Das Licht hatte sich so

weit ausgebreitet, dass es auch die beiden einsamen Gestalten erfasste und sie aussehen ließ wie fragile Kunstwerke aus Glas. »Wir alle kennen sie. Wir alle in der Familie.«

»Woher?«

»Ich weiß es nicht. Es ist mir nie gesagt worden, aber sie erschien und warnte vor einer Gefahr.«

»Allgemein – oder hat sie einen Namen?«

»Kann sein.«

»Willst du ihn nicht sagen?«

Er nickte.

Suko hakte auch nicht weiter nach. Wenn Kara sich voll und ganz materialisierte, würde sie ihm auch erklären, welche Gefahr in der Nähe schwebte und darauf wartete, zuschlagen zu können.

Zwar verringerte sich die Distanz zwischen ihnen, aber Suko hatte trotzdem den Eindruck, als würde sie gleich bleiben. Nur die Umrisse schälten sich stärker hervor. Er sah ihnen an, dass sie an den Seiten normal fest geworden waren.

Und Kara blieb stehen.

Noch immer umhüllt von diesem seltsamen Licht, das seinen Ursprung auch in den Flammenden Steinen haben konnte, dieser magischen Welt, in der Kara und Myxin lebten.

»Gleich wird sie etwas sagen!«, wisperte der Junge und legte seine Hände flach gegeneinander, als wollte er beten. Möglicherweise sah er in Kara so etwas wie einen Engel, einen Geist, der ihn, das Kind, beschützen sollte.

Suko blieb sitzen. Er glaubte daran, dass es falsch war,

wenn er sich jetzt erhob und zu ihr ging. Er wollte auch nicht als Erster reden, denn er ging davon aus, dass Kara das Gespräch einleiten würde. Und so war es dann auch.

»Ich freue mich, dass einer von euch erschienen ist.«

Der Inspektor lächelte. »Können wir dir je einen Wunsch abschlagen, Kara?«

Sie hob die Brauen und strich mit der rechten Handfläche über den Schwertgriff. Suko war fest davon überzeugt, dass sich die Luft verändert hatte, sie war nicht mehr so stickig und muffig, sondern jetzt viel klarer und besser zu atmen.

»Diesmal ist einiges anders, Suko. Es geht um eine große Gefahr, vor der ich euch warnen will.«

»Hat sie einen Namen?«

»Erst später. Noch ist sie namenlos. Aber die Kraft eines Mächtigen wird immer stärker. Sie hat bereits zwei Menschen vernichtet und befindet sich auf dem Weg zum Ziel. Du oder John – ihr beide jedenfalls müsst den Mann mit dem weißen Bart finden.«

Suko nickte. »Wer ist das?«

»Der Diener!«

Suko wunderte sich. »Der Diener?«, wiederholte er. »Wem dient er denn?«

»Semerias!«

Auch mit dieser Antwort konnte der Inspektor nicht viel anfangen. Er hatte den Namen noch nie gehört. »Wer ist das, dieser Semerias?«

Kara gab eine klare Antwort. »Ein Götze, ein gefährlicher Gott. Man nennt ihn auch den Herrn der Schattenburg.« Was sie dann sagte, war schwer zu begreifen. »Eigentlich ist er nicht mehr, aber er ist trotzdem noch vorhanden.«

»Das kann doch nicht sein!«

Sie nickte. Dabei sah es aus, als wollte sie das geheimnisvolle Licht, in dem sie stand, bewegen. »Du musst nur anders denken. Er ist nicht mehr, und er ist trotzdem. Er ist als Erbe vorhanden. Sein Bild existiert noch, du kannst es sehen.«

»Wo?«

»Nicht hier, nicht bei mir, Suko, sondern auf einer alten Münze. Sein Diener ist in den Besitz der Münze gelangt, sie gehört ihm, und so hat es der Diener geschafft, einen Kontakt zu ihm herzustellen. Die Münze soll Semerias herbeiholen. Sie ist in der Lage, seinen Geist zu aktivieren. Sie kann verändern, denn seine Kraft steckt in ihr. Sie ist ungemein stark, weil so konzentriert. Sie schafft es, Menschen zu verändern. Sie kann aus ihnen Bestien machen, aber sie kann auch vernichten, wie sie schon bewiesen hat. Die nächste Nacht wird entscheidend werden, darauf musst du dich einstellen.«

»Gut«, sagte Suko und nickte. »Ich gebe dir völlig Recht, Kara. Nur – wo soll ich sie finden? Wo kann ich ihn stellen?«

Kara dachte nach. »Es gibt einen Ort«, erklärte sie nach einer Weile. »Fahre zu den alten Ruinen.«

»Das ist mir zu vage.«

»Ich weiß. Es ist ein alter Opferplatz.«

»Wo finde ich ihn?«, drängte Suko.

»Sing wird ihn dir zeigen.«

Der Inspektor drehte den Kopf und schaute den Jungen an. Sing saß neben ihm, ohne sich zu rühren. Im fließenden Licht sah er zerbrechlich aus. Er nickte einige Male, nachdem Suko ihn leise angesprochen hatte, sagte aber nicht, wo sie hin mussten.

Suko ärgerte sich darüber, dass er die Situation nicht in den Griff bekam. Auch Kara schien ihm verändert zu sein, sie war einfach zu weit weg. Sie hatte ihm zwar Tipps gegeben, doch für seinen Geschmack war sie nicht ganz bei der Sache. Und er fragte sich, ob sie überhaupt in diesem Fall eine Rolle spielen würde.

»Ich soll ihn also dort treffen?«

»Ja.«

»Wie kommt es denn, dass Sing darüber informiert ist, wo sich die Ruinen befinden?«

»Er und andere. Sie kennen den Ort genau, denn sie sind Wissende. Sie haben ihn schon des Öfteren besucht. Ab und zu versammeln sie sich dort, um darüber nachzudenken, was sie einmal gewesen sind. Verstehst du allmählich?«

Suko nickte im Zeitlupentempo. »Ich glaube schon. Wenn ich deine Worte richtig interpretiere, dann haben Sing und seine Familie eine Reinkarnation erlebt.«

»Genau. Sie haben schon einmal gelebt. Nur ist es lange, sogar sehr lange her.«

»Atlantis!«

Kara lächelte, als sie nickte. »Ja, sie waren in einem früheren Leben Bewohner dieses Kontinents. Sie konnten sich wieder erinnern, besonders an Semerias.«

»Warum das?«

»Weil sie damals in seinem Umfeld gelebt hatten. Er hat sie alle als seine Kinder angesehen, er wollte sie hineinziehen in seine Familie. Der Kontinent ging unter, alles wurde anders, aber es wurde nichts vergessen. Und jetzt, Jahrtausende später, wird es wieder an die Oberfläche gespült. Da ist die Erinnerung da, da ist sie plötzlich greifbar geworden. Es gibt die Münze noch, man hat sie gefunden, und sie verströmt die unheimliche Kraft. Semerias wird beweisen, dass sich im Vergleich zu den alten Zeiten nichts verändert hat.«

»Ist er denn auch wiedergeboren?«

»Nein, er steckt in der Münze.«

»Und sein Diener?«

»Ist ein Mensch von heute, der aber in seinem früheren Leben lebt, denn er stand damals schon an der Seite des Semerias. Er hat sich wieder besonnen und wird damit beginnen, seine Schäfchen um sich zu versammeln. Angefangen hat er schon mit Sing und seiner Familie. Sie haben sich ebenfalls erinnert. Sie wissen jetzt, wer sie einmal gewesen sind, und Semerias weiß es auch, sonst hätte er keinen Kontakt mit ihnen aufnehmen können.«

»Ja«, sagte Suko und wiederholte das erste Wort. »Das verstehe ich allmählich. Es wird mir klar.« Er lächelte. »Aber ich begreife nicht, wie du in dieses Spiel hineinkommst, Kara. Wenn ich dich so reden höre, kann ich dich unmöglich als einen Joker ansehen, wie es sonst immer der Fall gewesen ist.«

»Das bin ich auch nicht.«

»Wie siehst du dich dann selbst?«

»Das ist sehr schwer zu sagen. Als eine Macherin. Ich habe es gemerkt, dass sich etwas tut, aber mir sind leider Grenzen gesetzt. Ich komme nicht an Semerias heran. Das ist schon meinem Vater damals so ergangen. Ich habe es nur geschafft, eine Verbindung aufzubauen, um euch warnen zu können. Alles andere müsst ihr erledigen. Sprich mit Sing und seiner Familie, sie können dir sagen, wo du die Ruinen findest. Dort wird sich dann alles entscheiden.«

Suko nickte. »Das glaube ich dir. Aber wie kann ich sie stoppen? Kannst du mir einen Tipp geben?«

»Nein oder ja. Wichtig ist die Münze, die der Diener in seinen Händen hält. Wenn es dir oder euch gelingt, sie zu zerstören, habt ihr schon viel gewonnen. Sie darf nicht dazu kommen, die alte Kraft einzusetzen, denn das würde Semerias wieder mächtig machen.«

»Wie mächtig?«

»Er würde seine Kräfte zurückerhalten.« Kara fühlte sich bei dieser Antwort nicht wohl, das sah ihr Suko deutlich an. Es gefiel ihr überhaupt nicht, so direkt an die alten Atlantis-Zeiten erinnert zu werden, wo sie viel Schlimmes erlebt hatte.

»Genauer, Kara!«

»Sie kann Menschen verwandeln. Sie will sie in ihren Bann ziehen, oder er will sie in seinen Bann ziehen. Er hat damals schon viel experimentiert. Er machte aus Menschen Monster. Er nannte seine Diener nur die Familie. Er hat sich als Vater angesehen, und er sieht sich auch jetzt noch als Vater an. Verstehst du das? Diejenigen, die schon einmal in Atlantis gelebt haben, sind auch für ihn heute noch seine Kinder, die er beherrschen will. Die Familie des Jungen gehört dazu, gleichzeitig auch andere Menschen. Du wirst sie möglicherweise bei den Ruinen treffen. Sprich mit Sings Vater darüber.«

Suko nickte. »Gut, das werde ich tun. Aber du bleibst außen vor und willst uns nicht helfen?«

»Ich kann nicht. Es gibt da eine Blockade. Selbst die Flaming Stones helfen mir nicht. Was du hier siehst, bin nicht ich als Person, ich habe meinen Geist lösen können. Du siehst jetzt meinen Astralleib, der allmählich an Kraft verliert. Ich kann dir und John nur viel Glück wünschen, das ist alles.«

Suko wollte noch etwas fragen, doch er war zu langsam, denn die Brücke brach blitzartig zusammen.

Es gab kein Licht mehr.

Es gab keine Kara mehr.

Neben sich hörte er Sing seufzen, als wäre der Junge aus einem tiefen Schlaf erwacht, obwohl die Dunkelheit wieder über beide hereingebrochen war.

Bevor Suko Sing ansprach, ließ er eine Weile verstreichen, damit sich der Junge erholen konnte. »Ist es das gewesen, was du mir hast zeigen wollen?«

»Ja, das war es.«

»Kann ich mit deinem Vater reden?«

»Sicher.«

»Warum ist er nicht gekommen?«

»Ich weiß es nicht.«

»Oder mag er keine Polizisten?«

»Das kann es auch gewesen sein.«

Suko lachte. »So schlimm wird es schon nicht kommen. Lass uns jetzt gehen. Oder können wir mit dem Wagen auch rückwärts fahren?«

»Nein, das geht nicht.«

Sie stiegen beide aus. Suko hatte seine Lampe eingeschaltet und leuchtete dorthin, wo er die Schöne aus dem Totenreich gesehen hatte. Aber da war nichts mehr zu sehen. Kara hatte sich buchstäblich in Luft aufgelöst. Es gab sie nicht mehr.

Auf dem Rückweg dachte Suko über das Erfahrene nach und musste zugeben, dass ihm nicht sehr wohl dabei war. Er hätte jetzt gern mit seinem Freund John gesprochen und sicherlich der auch mit ihm, leider waren beide zu weit voneinander getrennt.

Links von ihnen, getrennt durch eine Wand, rumpelten die Wagen des normalen Fahrbetriebs über die Schienen.

Da hörten sie auch die Schreie der Fahrgäste, wenn sie durch die Gestalten in der Geisterbahn zu sehr erschreckt wurden. Dass die Familie des Jungen, die schon einmal in Atlantis gelebt hatte, gerade eine Geisterbahn führte, war Zufall.

Es gab eine kleine Seitentür, die der Junge öffnete und Suko den Vortritt ließ.

Die Helligkeit des Tages schwang ihnen entgegen. Suko holte tief Luft. Die Geräusche der Kirmes kamen ihm vor, als wären sie weit entfernt.

»Jetzt sag mir endlich deinen Namen.«

»Ich heiße Sing.« Der Junge lächelte.

»Nichts weiter?«

»Man nennt mich so.«

»Und wie nennt man deinen Vater?«

»Er heißt Krystos.«

»Das hört sich griechisch an.«

»Ist es auch.«

»Gut.« Suko nickte. »Dann tu mir jetzt den Gefallen und bring mich zu deinem Vater.«

»Ja, gern...«

*

Auch Nora Shane hatte die Veränderung an mir bemerkt. Den starren Blick und die ebenfalls starre Haltung.

»Was ist mit Ihnen?«

Ich schüttelte den Kopf. »Nichts weiter. Ich – ich war nur von dem Bild überrascht.«

Sie bewegte ihre Augen. »Von welchem Bild?«

»Das hier.« Ich hob das Buch an und zeigte ihr den Deckel. »Das ist eine Fratze.«

Sie schaute hin, sie schluckte, sie wollte sich bewegen, aber sie blieb starr auf der Bettkante hocken. Aus ihrem Mund drang ein pfeifendes Geräusch.

»Haben Sie etwas?«

»Nein, nein, eigentlich nicht.«

»Aber?«

Sie atmete tief ein, räusperte sich und sah aus, als wolle sie fortlaufen, blieb aber sitzen.

Der Schmerz auf meiner Brust hatte nachgelassen. Das Kreuz hatte mich nur einmal gewarnt, das musste reichen. Nora Shane war jetzt wichtiger, und ich fragte sie nach diesem Bild, das eigentlich keines war, sondern nur eine Gravur auf dem Deckel. »Was hat Sie daran so erschreckt, Nora?«

Sie rang die Hände. »Ich – ich glaube es zu kennen.«

»Tatsächlich?«

»Ja, John, ja. Ich kenne es. Es ist wie etwas, das in einem Meer untergegangen ist. Aber plötzlich wird es von den Wellen wieder hochgespült. Ich habe es noch nie gesehen, und trotzdem kommt es mir bekannt vor.«

»Denken Sie nach.« Ich hielt ihr das Buch direkt hin, damit sie den Blick nicht von der Oberfläche lassen konnte. Sie musste sich auf die Fratze konzentrieren.

Wenn ich ehrlich war, so hatte ich schon schlimmere Köpfe oder Fratzen gesehen, denn diese sah mir irgendwie aus wie eine antike Zeichnung. Ein ziemlich eckiger Kopf mit einem breiten Mund, bei dem die Oberlippe weniger vorstand als die andere darunter. Aus ihr schauten noch zwei Zähne hervor, die wie etwas klotzige, leicht angespitzte Steinstücke aussahen. Eine klobige Nase, dicke Augen, die hohe Stirn, mächtige Ohren, die von einem ebenso mächtigen und wirren Haarwuchs umgeben waren, der schon etwas Mähnenartiges an sich hatte und den gesamten Schädel regelrecht umwallte.

Mir flößte der Anblick keine Angst ein, ich hatte Schlimmeres gesehen und erlebt, wahrscheinlich durfte ich meine Maßstäbe nicht anlegen, denn Nora Shane reagierte ziemlich aufgeregt. Sie hatte die Handflächen gegeneinander gelegt und bewegte sie hin und her, wobei sie durch den leichten Schweißfilm rutschig geworden waren.

Dass diese Gravur Erinnerungen in ihr wachrütteln

würden, daran hatte sie nicht geglaubt. Sie bemühte sich verzweifelt darum, eine Lösung zu finden, und ich merkte, dass sie es allein nicht schaffte, und ich wollte ihr deshalb helfen.

»Liegt es lange zurück, dass Sie das Bild gesehen haben, Nora?«

»Ich weiß nicht.«

»Aber Sie haben es schon einmal gesehen?«

Ihre linke Augenbraue zuckte. »Ja – nein!«, sagte sie schnell. »Ich – ich – verdammt, es fällt mir so schwer, mich zu erinnern. Ich weiß es nicht so recht.«

»Es ist Ihnen also nicht völlig fremd.«

»Richtig!«, hauchte sie.

»Hat Ihnen Ihr Vater das Buch nicht doch schon einmal gezeigt?«

»Nein, nie. Er hat einmal davon gesprochen, dass es schlimm wäre. Dass es uns alle betreffen würde, dass ich mich davor hüten sollte, denn dann würde etwas auferstehen, das in der Tiefe der Zeit bisher begraben war. Es ist sehr schlimm gewesen, sehr schlimm…«

»Aber Sie sind trotzdem der Meinung, es schon einmal gesehen zu haben, oder nicht?«

Ein zögerndes ›Jaaa…‹ klang mir entgegen.

»Es heißt Semerias.«

Sie nickte.

»Ist dieser Name mit Albträumen verknüpft, Nora? Stehen Sie deshalb unter Druck?«

»Auch«, flüsterte sie, »auch. Aber es ist das Bild gewesen, die Gravur auf dem Buchdeckel. Da schoss es in mir hoch. Es – es ist so gewesen, dass ich…«, sie rang nach

Worten. »Ja, dass ich es schon einmal gesehen habe, aber nicht jetzt, nicht vor Jahren, nicht in diesem Leben, sondern in – halten Sie mich nicht für verrückt – in einem anderen, in meinen Träumen vielleicht. Obgleich ich mich daran nicht erinnern kann, John. Es ist auf einmal über mich gekommen, das war wie ein Schwall Wasser, wie eine gewaltige Ladung.«

Ich runzelte die Stirn. »In Ihren Träumen nicht direkt. Sie sprachen von einem anderen Leben.«

»Ja.«

»Glauben Sie an Reinkarnation, Nora? Kann es sein, dass Sie schon einmal gelebt haben?«

Ihr Gesicht zeigte Qual. Sie war völlig aufgewühlt, strich fahrig durch ihr Haar, und die Strähnen knisterten. »Nein, daran glaube ich nicht, obwohl…«

»Ja – bitte…«

»Jetzt bin ich mir nicht mehr sicher.«

»Sie meinen also, dass Sie schon einmal gelebt haben könnten?«

Nora nickte.

»Und Ihr Vater? Hat er mit Ihnen darüber gesprochen?«

»Nie.«

»Was ist mit der Nachricht, Nora? Ihr Vater hat Ihnen etwas hinterlassen. Es war doch seine Handschrift – oder?«

»Das stimmt.«

»Könnte es dann nicht sein, dass Sie zwei Väter gehabt haben? Einen ersten und einen zweiten Vater? Denken Sie an die verschiedenen Leben. Sollten Sie tatsächlich einmal wiedergeboren sein, dann haben Sie zumindest zwei Leben gehabt, Nora, und auch zwei Väter, wobei es sich nicht ausschließen lässt, dass der Erste noch lebt und sich nach so langer Zeit bei Ihnen meldet.«

Nora hatte stumm zugehört und mich nur angestarrt. Nach meiner Erklärung aber sprang sie auf. »Sie – Sie sind wahnsinnig, John! Sie sind verrückt. Sie…«, Nora verstummte, ließ sich wieder auf der Bettkante nieder und entschuldigte sich.

Ich ließ sie in Ruhe. Sie wühlte ihr Haar auf, strich durch ihr Gesicht, und ich fragte nach einer Weile, ob ich nicht doch irgendwie Recht gehabt haben könnte.

»Ich weiß es nicht, John!«

»Schließen Sie es denn aus?«

»Nein!«

»Jedenfalls muss Ihr Vater Bescheid gewusst haben, sonst hätte er sich nicht dermaßen intensiv um dieses Buch gekümmert. Hat er mit Ihnen nie über den Inhalt gesprochen?«

»Das sagte ich Ihnen schon. Er hat niemals davon geredet. Es ist alles so schlimm.«

Bisher hatte ich das Buch nur in der Hand gehalten. »Wir werden gemeinsam sehen, was wir dort finden. Keine Sorge, ich bin bei Ihnen. Ich schlage es jetzt auf, denn auch ich will wissen, was dieser Begriff Semerias bedeutet.«

»Halt«, rief sie, »einen Moment noch!«

»Ja, was ist?«

Sie fuhr mit der Zungenspitze über ihre Lippen. »Wenn es stimmt, dass ich zwei Väter gehabt habe, könnte dieser Semerias nicht auch mein Vater gewesen sein?«

»Daran habe ich auch schon gedacht.«

Sie schloss die Augen. Damit musste sie erst fertig werden. Ich aber schlug den Deckel herum, weil ich dem Rätsel endlich auf die Spur kommen wollte – und blieb starr sitzen.

Das Buch war leer!

Es gab keine Seiten, nur eine äußere Hülle aus schwerer Pappe und in der Mitte eine Öffnung, die ungefähr so groß wie eine Hand war und in der sicherlich etwas gelegen hatte.

Jetzt war die Öffnung leer, und das Rätsel um den geheimnisvollen Semerias verstärkte sich noch mehr.

*

Nora Shane schüttelte den Kopf, ohne etwas zu sagen. Sie war ebenso überrascht wie ich. Um sie genau in das Buch hineinschauen zu lassen, kantete ich es, wobei sie diese Bewegung als einen Vorwurf gegen sich persönlich aufnahm.

»Sorry, aber ich kann nichts dafür. Ich weiß nicht, was hier gespielt wurde.«

»Sie wissen demnach…«

»Nein, nein!« Sie hob beide Hände. »Da können Sie fragen, was Sie wollen. Ich weiß wirklich nichts.«

»Was ist mit Ihrem Vater?«

»Er hat mir nie etwas darüber gesagt, das müssen Sie mir glauben. Wir sprachen niemals über Inhalte von Büchern. Wie oft soll ich es noch wiederholen!«

»Schon gut, Nora, schon gut. Es war nur eine Vermutung, mehr nicht. Aber jemand muss diesen Gegenstand, der in der Buch-Attrappe versteckt gelegen hatte, herausgenommen haben. Kann es sein, dass es Ihr Vater gewesen ist?«

Nora stritt es nicht ab.

Ich klopfte mit dem Knöchel gegen den Deckel. »Lesen kann man darin jedenfalls nicht. Ihr Vater hat also nur so getan, als würde er darin lesen. Tatsächlich hat er sich mit anderen Dingen beschäftigt. Und zwar mit dem Gegenstand, der in der Attrappe versteckt worden war.«

»Das glaube ich auch.«

»Den müssen wir finden.«

Nora nickte. Sie kam selbst nicht zurecht, das sah ich ihr an, und ich merkte ferner, dass sie nicht schauspielerte. So gut hatte sie sich nicht unter Kontrolle.

Sie dachte über andere Probleme nach als über das Buch. Mit leiser Stimme wollte sie von mir wissen, wie es möglich war, dass jemand zwei Väter hatte.

»Haben Sie die denn?«

»Ich glaube fest daran. Jetzt ja.«

»Eine medizinische Erklärung kann ich Ihnen kaum geben, denn ich bin kein Fachmann.«

»Das hatte ich mir gedacht.«

»Was erwarten Sie denn, Nora?«

Sie druckste etwas herum, schaute zur Seite, ließ ihre Handflächen über das Bettlaken gleiten. Alles Gesten der Verlegenheit. »Sie haben selbst gesagt«, begann sie, »dass Sie ungewöhnliche Fälle erledigen, aufklären oder ihnen einfach nur nachgehen. Also Fällen, die nicht in das normale Polizeiraster passen, verstehen Sie?«

»Ja, natürlich.«

»Zwei Väter hätte ich haben können.« Sie lachte scharf und etwas schrill. »Vielleicht stimmt das sogar, vielleicht habe ich zwei Väter, und vielleicht ist das normal.« Sie schaute mich an, als würde sie von mir eine Bestätigung erwarten, ihr Blick fieberte danach.

»Wie meinen Sie das, Nora?« Ich blieb in der Defensive.

»So wie ich es gesagt habe. Ich habe zwei Väter, aber nicht als eine Person.«

»Sondern?«

Ihre Augen nahmen an Größe zu, ein Schauder rann über das Gesicht. »Zwei Väter für zwei Personen, John.«

»Damit meinen Sie sich.«

»Ja.«

»Genauer bitte!«

Nora war nervös. Sie hatte sich wohl eine Lösung zurechtgelegt, zögerte jedoch, sie mit Überzeugung auszusprechen, da noch immer Zweifel bestanden. Irgendwann überwand sie sich und fing an zu sprechen. »Zwei Väter und zwei Personen. Zweimal ich, Mr. Polizist. Wissen Sie, was ich denke?«

»Nein, aber ich ahne es.«

»Sagen Sie es mir!«

»Das ist Ihr Spiel, Nora. Sie müssen sich überwinden, um sich auch den Tatsachen zu stellen.«

»Gut, ich will es Ihnen sagen, John.« Sie war erregt und musste zunächst ihre Stirn vom kalten Schweiß befreien. »Ich will es Ihnen genau sagen. Es klingt ganz einfach, aber es hat mich große Überwindung gekostet. Ich denke daran, dass es mich zweimal gegeben hat. Zweimal, haben Sie verstanden?«

»Ja, das ist klar.«

Sie lehnte sich zurück, blieb aber in ihrer sitzenden Haltung. »Und warum hat es mich zweimal gegeben?«, fragte sie. »Weil ich wiedergeboren bin, Mr. Sinclair.« Sie wurde jetzt sehr förmlich, als wäre sie dabei, sich in eine andere Rolle zu versetzen. »Ja, ich wurde wiedergeboren, denn ich habe schon einmal als eine andere Person gelebt und hatte damals einen anderen Vater, der sich jetzt zurückgemeldet hat. Möglicherweise ist auch er wiedergeboren, ich weiß es nicht. Ich möchte nur wissen, was Sie zu meiner Theorie meinen.«

Ich wunderte mich über Nora, wie leicht sie diesen Weg zur Lösung eingeschlagen hatte. »Nicht schlecht, wirklich nicht schlecht. Sie haben gut kombiniert.«

»Dann sind auch Sie meiner Ansicht?« Sie fragte es mit einem hoffnungsvollen Klang in der Stimme.

»Ich schließe es zumindest nicht aus.«

»Das dürfen Sie auch nicht. Wir beide müssen uns den Tatsachen stellen. Ich habe schon einmal gelebt.« Sie hob die Schultern. »Leider weiß ich nicht, wo das gewesen ist.« Dann nahmen ihre Augen einen schwärmerischen Glanz an. »Dabei würde ich gern nachforschen. Ja, ich würde es tun. Ich hätte gern erfahren, wo das gewesen ist.«

Ich zog einen gedanklichen Bogen bis tief in die Vergangenheit hinein, um bei einem längst versunkenen

Kontinent zu landen. Dabei hoffte ich, dass Nora meine Antwort nicht zu sehr erschreckte. »Können Sie sich vorstellen, in Atlantis gelebt zu haben?«

Zuerst sagte sie nichts. Danach schloss sie für Sekunden die Augen, dachte nach und blickte mich wieder an. »Sprechen Sie von der untergegangenen Insel?«

»Ja, von diesem Kontinent.«

»Mein Gott, das ist…«

Ich stellte mich hin und legte die Buch-Attrappe auf das Bett. »Das ist unwahrscheinlich, Nora, ich weiß. Auch mir fällt der Glaube daran schwer, die Erklärungen sind ebenfalls nicht einfach, aber ich schließe es nicht aus.«

Die Frau schaute mich an. Hinter ihrer Stirn jagten sich die Gedanken. Sie hatte Mühe, diese in Worte zu fassen. »Der Glaube daran fällt Ihnen schwer, John. Und mir ebenfalls. Das ist trotzdem – nein, Sie schließen es jedenfalls nicht aus.«

»Richtig.«

»Glauben Sie denn an Reinkarnation?«

Das war eine Gewissensfrage. Ich glaubte nicht nur daran, ich wusste es sogar. Aber hatte es Sinn, ihr zu erklären, als was ich schon alles gelebt hatte?

Nein, das ging zu weit, das hätte sie sicherlich überfordert oder sie noch unsicherer gemacht. Deshalb gab ich ihr eine schlichte Antwort. »Ja, ich glaube daran.«

Nora Shane sackte zusammen. Nicht körperlich, dafür seelisch. Es war allerdings auch so etwas wie Erleichterung zu spüren. Nora wusste plötzlich, dass sie nicht allein stand, und sie umarmte mich.

Ich hielt sie fest, denn in diesen Momenten brauchte sie Trost. Da hatte die Gerade ihres noch jungen Lebens einen großen Knick bekommen, den sie zunächst einmal überwinden musste. Wahrscheinlich würde von Stund an einiges anders verlaufen.

Ihre flüsternden Worte waren mit heftigen Atemzügen vermischt, als sie fragte: »Wären Sie denn bereit, mir zu helfen, John? Werden Sie mich unterstützen?«

»Natürlich.«

»Das heißt, Sie bleiben in meiner Nähe?«

Ich schob sie von mir. »Das auf jeden Fall, Nora. Sie sind ein wichtiges Bindeglied in dieser Kette. Wenn wir glauben, dass Sie schon einmal gelebt und zwei Väter haben, dann müssen wir auch davon ausgehen, dass Ihr erster Vater so geheißen hat wie der Titel dieser Buch-Attrappe. Oder liege ich da falsch?«

»Semerias?«

»Davon gehe ich aus.«

Für eine Weile schaute sie gegen das Fensterrechteck. »Beweisen können wir es nicht, denn mein zweiter Vater ist tot. Wir müssen es einfach so hinnehmen.«

»Der Meinung bin ich.«

»Und wie bekommen wir es heraus?«

Das wusste ich auch nicht, aber ich war davon überzeugt, dass ich einen Weg finden würde. Ich wollte ihr sagen, dass sich schon irgendwann eine Chance bot, aber sie hörte mir nicht zu, sondern hatte sich zur Seite gedreht, um nach dem Buch zu greifen, das auf dem Bett lag.

Mit den Fingerkuppen strich sie über den Buchrücken

hinweg. Dabei bewegten sich ihre Augenbrauen und wanderten in die Höhe.

Die eingravierte Fratze auf dem Buch starrte sie an. Auf mich machte sie den Einruck eines zitternd gezeichneten Signums, war für mich wenig faszinierend, aber Nora Shane dachte anders darüber. Innerhalb weniger Sekunden war mit ihr eine Veränderung vorgegangen.

Sie kam mir irgendwie entrückt vor. Ja, das war genau der richtige Ausdruck. Sie war da und doch nicht da. Ihre Gedanken und ihre Seele schienen auf Wanderschaft gegangen zu sein.

»Nora, was ist mit Ihnen?«

Sie drehte den Kopf.

Ihr Blick erschreckte mich. Er war anders geworden. In den Augen spiegelte sich etwas wider, das ich nicht begriff. Wahrscheinlich hatte nur sie damit zu tun und zu kämpfen.

Nahm etwas Besitz von ihr?

Mein Interesse konzentrierte sich wieder auf die Attrappe. Noch immer glitten Noras Finger darüber hinweg. Diesmal allerdings zeichnete sie die Umrisse der Fratze genau nach, als wollte sie jede Vertiefung darin spüren.

Es war nicht gut für sie…

Ich wollte sie warnen und hatte zu lange gezögert, denn plötzlich sprang sie mit einer heftigen Bewegung auf. Aus ihrem Mund löste sich dabei ein Schrei.

Er war so anders, so schrill, so gemein und hörte sich gleichzeitig gefährlich an.

Die Hände hatte sie zu Fäusten geballt.

Beide stießen hart in meine Richtung.

Ich drehte mich zur Seite, fiel dabei mit der Schulter auf das Bett und gab Nora Gelegenheit zur Flucht.

Sie rannte davon.

Als ich mich aufrichtete, gelang mir ein Blick auf den Buchdeckel. Die Fratze war noch da, leider sah ich noch mehr, denn sie strahlte ein bösartiges Licht ab.

Von ihr ging ein Einfluss aus, der auch mich erwischte. Ich merkte, wie sich das Kreuz auf meiner Brust dagegen stemmte. Dieser Einfluss war gefährlich.

Mir hatte es nichts anhaben können, dafür Nora, die die Wohnung nicht verlassen hatte, denn ich hatte nicht gehört, dass die Tür zugefallen war. Zudem hörte ich sie.

Sie musste sich entweder in der Küche oder im Wohnraum befinden. Ich tippte auf die Küche, weil das Böse dort Spuren in Form der getöteten Katze hinterlassen hatte.

Ich rannte nicht hinein, ging normal, sehr vorsichtig und sogar schleichend.

Dann hörte ich sie sprechen.

Sie redete fauchend, sie benutzte Worte, die aus einer anderen Sprache stammten.

Atlantis?

Ich merkte sehr deutlich die zweite Haut, die über meinen Rücken floss und aus zahlreichen kleinen Eiskörnern zu bestehen schien. An der Wand hielt ich mich, sah den Türpfosten vor mir und vernahm die Geräusche deutlicher.

Nora sprach und bewegte sich dabei. Sie musste durch die Küche gehen. Den Grund dafür wusste ich nicht.

Ich ging noch einen Schritt vor, hielt für einen Moment den Atem an und schaute um die Ecke.

Nora stand in der Mitte der kleinen Küche. Auf mich wirkte sie wie eine Gestalt, die einfach nicht dorthin gehörte. Ihre Augen waren verdreht, aber sie hatte die tote Katze aus der Mikrowelle gezerrt und hielt sie mit beiden Händen fest.

Es war Irrsinn, ich wusste keine Erklärung, aber es gab noch etwas Schlimmeres.

Über Noras Gesicht rann ein Schatten. Er war vergleichbar mit einem dünnen Tuch, nicht von der Kontur her richtig zu erkennen, aber er blieb plötzlich auf ihren Zügen, nahm Gestalt an, als wäre er dabei, sich zu materialisieren.

Der Schatten veränderte sich.

Eine Fratze entstand!

Nicht irgendeine, sondern sie…

Ich wollte es kaum glauben. Es war die bösartige Fratze eines widerlichen Monsters.

Eines Werwolfes!

*

Echt – unecht?

Ich hatte meine Zweifel, zudem blieb diese Fratze nie ruhig, sie zitterte, sie floss, sie wischte weg, sie kam wieder. Immer dann, wenn ich dachte, dass sie es geschafft hätte, endlich still zu stehen, floss sie wieder auseinander.

Mochte sie sich auch noch so heftig bewegen, ich war sicher, dass es sich um das Gesicht eines Monsters handelte. Hier hatte sich das schattenhafte Gesicht eines Werwolfs gezeigt, und das bestimmt nicht grundlos. Nur wusste ich nicht, welch eine Verbindung es zwischen Atlantis, dieser Person und der Fratze des Werwolfs gab.

Natürlich musste ich eingreifen, aber ich hielt mich zurück, weil ich Furcht davor hatte, etwas zu zerstören. Diese Überlegung war stärker als meine spontane Reaktion.

So wartete ich lauernd ab.

Nora Shane ging durch die Küche. Sie bewegte sich nicht mehr so wie sonst, ihr Gang hatte etwas Geschmeidiges, Raubtierartiges angenommen. Manchmal duckte sie sich, als wollte sie bereits dafür üben, wie ein Werwolf zu gehen.

Dann wiederum blieb sie stehen, atmete gequält aus, sprach menschliche Worte und wehrte sich gegen dieses fürchterliche Schicksal. Ihr Gesicht war mit blankem Schweiß überdeckt, sie focht einen innerlichen Kampf aus, als würden in ihrer Brust zwei Seelen gegeneinander angehen und dabei versuchen, sich gegenseitig zu zerstören.

Wer behielt die Oberhand?

Es war der Mensch, denn plötzlich verschwand der Schatten vor ihrem Gesicht, als wäre er von einer gewaltigen Hand einfach weggerissen worden.

Nora Shane war wieder normal, und ich betrat die Küche.

Mit einer heftigen Bewegung drehte sie sich nach rechts, und mit einer Geste des Ekels schleuderte sie den

Katzenkadaver auf die Arbeitsplatte, als wäre ihr erst jetzt bewusst geworden, was sie da getan hatte.

Wahrscheinlich war dies auch der Fall, denn sie hatte unter einem fremden Einfluss gestanden und gelitten.

Sie hörte mich und sah mich auch kommen.

»Nora…«

Die junge Frau bewegte ihre Augen. Plötzlich schwankte sie. Ich befürchtete, dass sie fallen könnte, war sehr schnell bei ihr und stützte sie ab. Aus ihrem Mund drang ein langer Seufzer, bevor sie ihren Kopf an meine Schulter legte.

»Kommen Sie«, flüsterte ich ihr zu. »Sie brauchen jetzt etwas Ruhe.« Ich brachte sie weg und drückte sie im Wohnraum in einen der Rattansessel. Dort blieb Nora sitzen, und es dauerte mehr als drei Minuten, bis sie in der Lage war, sich wieder zu rühren. Dann hob sie beide Arme an und drückte ihre Fingerkuppen gegen beide Stirnseiten.

»Möchten Sie etwas trinken?«

»Wasser bitte.«

Ich holte es ihr aus dem Kühlschrank in der Küche. Sie nahm es kaum zur Kenntnis, als ich ihr das Glas reichte. Alles an ihr wirkte automatisch, als gäbe es irgendwo einen Motor, der sie leitete, aber ihren eigenen Willen ausschloss.

Sie trank, doch ich wartete vergeblich darauf, dass Farbe in ihr Gesicht zurückkehrte. Nora blieb so bleich wie eine frisch gekalkte Wand. Ich musste wissen, was in ihrem Innern vorging. Diese Buch-Attrappe war gefährlich, und die besondere Kraft konzentrierte sich auf die Gravur. Von ihr aus strömte die Kraft der Fratze, die möglicherweise Jahrtausende überdauert hatte und sich erst jetzt wieder hervorgeschält hatte, um eine bestimmte Person zu finden.

Als Nora das leere Glas wegstellte, schabte es mit seiner Unterseite über die Glasfläche. Irgendwo blieb es stehen, aber sie schaute nicht mehr hin.

Ich sah die Zeit gekommen, ihr einige Fragen zu stellen, räusperte mich und erregte so ihre Aufmerksamkeit. Ich wollte nicht mit ihr sprechen wie bei einem Überfall.

Ich holte mir einen Stuhl heran und setzte mich in ihre unmittelbare Nähe.

»Fragen Sie nichts, Mr. Sinclair!«

»Das muss ich.«

»Ich – ich – weiß nicht, was mit mir los gewesen ist. Es hat sich alles verändert.«

»Inwiefern?«

Sie fuhr über ihre Augen, ließ die Hände für einen Moment in dieser Stellung und sprach von einem Blackout. »Es war alles aus, ich kann mich an nichts mehr erinnern, John. Da war etwas anderes, das urplötzlich auf mich einströmte. Ich bin nicht dagegen gefeit gewesen.«

»Es war schlimm, nicht?«

Sie hob die Schultern. »Ich weiß nicht. Ich weiß überhaupt nichts mehr. Ich ging nur weg. Dann sah ich die Katze...« Sie schüttelte sich wie nach einem Regenschauer.

So leicht gab ich nicht auf. »Können Sie sich tatsächlich nicht daran erinnern, was da vorgefallen ist?«

»Nein, John…«

»Sind Sie zu einer Marionette geworden? Zu einer Puppe, die den Befehlen eines anderen gehorcht?«

»Kann sein.«

»Etwas ist mit Ihnen geschehen. Sie – Sie wollten nicht mehr im Schlafzimmer bleiben und rannten weg. In der Küche benahmen Sie sich seltsam. Ein Schatten schob sich über Ihr Gesicht, er nahm eine Form an, Sie bekamen ein zweites Gesicht. Das habe ich alles mitbekommen, ich sah es sehr deutlich und…«

»Gedanken!«, keuchte sie in meine Worte hinein. »Ja, da waren plötzlich Gedanken.«

»Ihre, Nora?«

»Nein, fremde – andere.«

Ich musste ihr Zeit geben, damit sie alles in Worte fassen konnte. »Es waren möglicherweise Gedanken aus einer anderen Zeit. Vielleicht von einer anderen Person.« So versuchte ich, ihr auf die Sprünge zu helfen und näher an das eigentliche Rätsel heranzukommen.

Erst schaute sie mich an, dann schüttelte sie den Kopf. Schließlich nickte sie, wobei sich ihr Blick klärte.

»Ja, Sie haben Recht!«

»Womit?«

»Die Gedanken, das Fremde in mir. Es – es hat mir etwas mitgeteilt. Es hat gesagt, dass ich endlich gefunden worden bin und sehr stolz darauf sein könne.« Über ihren Körper lief ein Schauer.

»War es eine Botschaft?«

Nora wiederholte das letzte Wort und senkte dabei den Kopf. »Eine Botschaft?«

»Ja, denn ich habe den Eindruck, als wäre jemand daran interessiert, mit Ihnen in Verbindung zu treten.«

Wieder dachte sie nach. »Da könnten Sie Recht haben.«

»Und wer?«

Sie zwinkerte. »Es ist alles zu, es ist blockiert. Ich kann es Ihnen nicht genau sagen.«

»Ihr Vater?«

»Nein – oder ja?« Sie war wirklich durcheinander, stand aber ruckartig auf und gab so das Zeichen dafür, dass ihr etwas eingefallen war. Sie schnippte sogar mit den Fingern, drehte sich scharf zu mir herum und nickte.

»Das waren die Befehle, John, denn jetzt fällt es mir wieder ein. Ja, es waren die Befehle! Jemand sagte mir – nein, eine Stimme von irgendwoher machte mir klar, dass ich nun anders leben sollte. Ich muss von hier fortgehen.«

Als sie nicht weitersprach, wollte ich wissen, wohin.

»Zu den alten Ruinen. In der Nacht muss ich dort sein. Da will man mich treffen.«

»Wer denn?«

»Das weiß ich nicht genau. Es ist aber wichtig.« Sie starrte mich an. In ihren Augen las ich die Überzeugung. »Das ist sogar sehr wichtig. Ich werde auch gehen.«

»Natürlich.«

»Bei den Ruinen, den alten Ruinen…«

Meine Gedanken arbeiteten fieberhaft. Ich wusste nicht, was sie damit meinte. Himmel, wo gab es in London denn noch Ruinen? Oder lag es außerhalb?

»Wissen Sie nicht, wo sich die Ruinen befinden?«

Sie senkte den Blick. »Doch, ich weiß es. Ich – ich kann es nur nicht erklären, aber ich werde fahren.«

»Das finde ich auch.«

Sie drehte sich von mir weg und ging ins Schlafzimmer. Nicht, dass ich ein Voyeur gewesen wäre, aber in diesem Fall folgte ich der Frau. Ich musste Nora einfach unter Kontrolle halten.

Sie legte sich nicht ins Bett, sie warf auch der Buch-Attrappe keinen Blick zu, sondern hatte eine Tür des Kleiderschranks geöffnet und holte eine Jeans, einen Pullover und eine rote Windjacke hervor. Die Sachen warf sie auf das Bett.

Dann zog sie sich um.

Sie bewegte sich hektisch, fieberhaft, als könne sie kaum erwarten, ans Ziel zu gelangen.

Bei Dunkelheit wollte sie dort sein. Es würde nicht mehr lange dauern, bis die Dämmerung einsetzte, demnach musste sie sich beeilen.

Im Flur erwartete ich sie.

Nora hetzte aus dem Zimmer und wäre beinahe gegen mich geprallt.

»Was ist denn?«

»Wollten wir nicht fahren?«

»Ich glaube schon.«

»Zu Semerias.«

Einen Moment überlegte sie und hatte mitten in der Bewegung angehalten, sodass sie wirkte wie jemand, der erstarrt war. Dann zuckten ihre Mundwinkel.

»Wie kommen Sie darauf?«

»Hat man Ihnen das nicht gesagt?«

Nora starrte gegen die flache Lampe an der Decke, die aussah wie ein Teller. »Nein, nicht direkt.«

»Wollen Sie ihn denn sehen?«

»Den ersten Vater?«

»So ist es.«

»Ich weiß es nicht.« Sie wühlte in der Tasche einer an der Garderobe hängenden Kostümjacke und hatte den Schlüssel sehr schnell gefunden. Auch der ihres Wagens befand sich am Bund.

Ich hielt es für nicht angemessen, Nora Shane in diesem Zustand fahren zu lassen, was ich ihr auch sagte.

Sie protestierte. »Aber ich muss hin.«

»Das können wir auch. Nur mit meinem Wagen, wenn es geht.« Ich lächelte gewinnend, und sie legte auch keinen Widerspruch ein. Sie wollte nur, dass wir uns beeilten.

»Hat man denn eine Zeit festgesetzt?«

»Nein, die Dunkelheit ist wichtig.«

»Dann wollen wir keine Zeit verlieren.«

Mit gemischten Gefühlen verließ ich die Wohnung. Noras Euphorie konnte ich auf keinen Fall teilen…

*

Krystos war ein schweigsamer Mann, auf dessen Kopf das Haar in sehr dichten, schwarzen Locken wuchs. Dieselbe Schwärze zeigte auch der Oberlippenbart, der aussah, als wäre er angeklebt worden. Er trug eine braune Lederjacke, eine Hose aus Cord und ein helles Hemd. Durch die buschigen Brauen über den dunklen Augen bekam sein Gesicht einen etwas düsteren Eindruck.

Suko hatte ihn davon überzeugen können, dass es besser war, wenn er mit zu den Ruinen fuhr.

»Gehörst du denn auch dazu?«

»Was meinen Sie?«

»Zu den Ehemaligen.«

Suko wusste, dass damit die Bewohner von Atlantis gemeint waren, die überlebt und sich mit anderen Völkern vermischt hatten. »Ja, ich habe auch eine Verbindung zu dem Kontinent.«

Danach hatte Krystos keine Fragen mehr gestellt und sich Sukos Führung unterworfen.

Der Jahrmarkt lag längst hinter ihnen, und sie bewegten sich in Richtung Südosten auf die Stadt Canterbury zu. Sie war aber nicht das Ziel, denn irgendwo mussten sie abfahren, um an den Platz zu gelangen, wo sich die Ruinen befanden.

Es war nicht Stonehenge. Danach hatte Suko gefragt und ein Kopfschütteln geerntet.

Die Landschaft lag ruhig neben ihnen. Sie war sehr weit, wenig bevölkert und schien einen frischen Frühlingsduft auszuatmen, der auch als dünner Schleier über die Ebene legte. Es waren die ersten abendlichen Nebel, die sich an den Gräsern, Sträuchern und Bäumen festkrallten, als hätten sie Angst davor, wieder fortgezogen zu werden.

Beide Männer saßen in Krystos' Wagen. Er fuhr einen Ford, dessen Karosserie bereits braune Rostflecken zeigte. Die Stoßdämpfer waren ebenfalls nicht mehr in Ordnung, sodass sich Suko fragte, ob der Wagen bei den Unebenheiten der Straße noch bis zum Ziel durchhalten würde.

Krystos machte es nichts aus. Er fuhr, als wäre der Ford erst vor drei Tagen gekauft worden.

Suko hatte auch etwas über die Hintergründe der Familie erfahren. Er wusste jetzt, dass sie aus Griechenland stammten und dass sich Krystos' Großeltern in London im Schaustellergewerbe eine Existenz aufgebaut hatten.

Zwar keine Geisterbahn, sondern eine Zauberbude, aber im Laufe der langen Zeit war daraus eine Geisterbahn geworden.

Irgendwann hatte es die Familie dann getroffen. Plötzlich hatten sie erkennen müssen, dass da etwas in einer unauslotbaren Vergangenheit gewesen war, das in einem unmittelbaren Zusammenhang zu ihnen stand. Eine andere Existenz, ein anderes Leben, das sich nun meldete und sie daran erinnerte, wie sie sich zu verhalten hatten.

Sie waren Atlanter oder Atlantider. Sie hatten schon einmal gelebt und waren damals mit einer Person in Verbindung gewesen, die sich Semerias nannte.

Wer oder was Semerias genau war, wusste Krystos selbst nicht. Er hatte Suko demnach keine spezifischen Antworten geben können, aber ihm war klar geworden, dass er sich zu ihm hingezogen fühlte. Semerias war wichtig für ihn.

Zudem hatten sie Besuch von seinem Boten erhalten, einem weißbärtigen Mann ohne Namen, einem Diener, einem Menschen, der das Geheimnis mit in eine andere Zeit gerettet hatte. Und dieser Weißbärtige erinnerte die Familie Krystos an das, was sie einmal gewesen war.

Bei den Ruinen sollte das Geheimnis endgültig gelüftet werden, nur dort konnte es geschehen.

»Es kehrt alles zurück«, sagte Krystos mit dumpfer Stimme. »Ja, es kehrt alles zurück.«

»Wie meinen Sie das?«

»Der Kreis schließt sich. Man kann seine früheren Leben nicht einfach vergessen. Als was hast du gelebt?«

»Ich weiß es nicht.«

»Aber du musst gelebt haben«, sagte Krystos dumpf. »Es gibt keine andere Möglichkeit.«

»Warum denn?«

»Weil der Bote mit euch reden wollte.«

»Nicht mit mir.«

»Ich weiß, mit deinem Freund.«

»Und über den Grund denke ich noch immer nach. Bisher weiß ich leider nichts.«

»Man wird dich noch aufklären.«

»Das hoffe ich sehr.«

»Oder man hatte einen anderen Grund«, murmelte Krystos.

»Welchen denn?«

»Auch in dieser Welt gibt es Menschen, die das Alte, das Vergangene ignorieren. Die nicht wahrhaben wollen, dass die Welt schon vor den Griechen, Sumerern und Ägyptern gelebt und eine großartige Kultur hervorgebracht hat. Diese Menschen sind Ignoranten und gleichzeitig die Feinde der Alten.«

Suko zeigte ein Lächeln. »Und ich, meinen Sie, soll zu diesen Feinden gehören?«

»Ich schließe die Möglichkeit nicht aus.«

»Das wird sich herausstellen.«

»Bestimmt.«

Krystos warf ihm einen schiefen Blick zu, der Suko überhaupt nicht gefiel. Der dunkelhaarige Mann neben ihm hatte sich zwar äußerlich nicht verändert, aber sein Verhalten war Suko doch seltsam vorgekommen. Der Mann schien mittlerweile die Seiten gewechselt zu haben und stand seinem Beifahrer nicht mehr neutral gegenüber.

Die Gegend wurde einsamer. Es waren kaum mehr Orte zu sehen. Der Himmel lag schiefergrau über ihnen, und in ihn hinein stachen die blutroten Strahlen der untergehenden Sonne.

Sie hatten Royal Tonbridge Wells hinter sich gelassen und rollten jetzt durch die Einsamkeit in Richtung Süden. Wenn sie so weiterfuhren, würden sie bald die Küste und damit den Ort Hastings erreicht haben.

Auch die Landschaft hatte sich verändert. Sie zeigte die Form erstarrter Wogen. Dunkle Hügel lagen wie hingefächert und wurden von kleineren Tälern zerschnitten.

Hier und da brannten einsame Lichter. Rehe ästen auf einer Wiese.

Suko wusste auch, dass es in dieser Gegend zahlreiche Burgen und Schlösser gegeben hatte.

Die meisten davon waren in den Kriegen zerstört worden und bestanden sicherlich nur aus Ruinen. Und zu einer dieser Ruinen sollte sie der Weg führen.

Es dauerte nicht mehr lange, als die innere Anspannung des Mannes wuchs. Er schaute immer öfter nach links, wo dichtes Strauchwerk bis direkt an den Rand der Straße herangewachsen war und beinahe schon eine Mauer bildete.

Der Inspektor sagte nichts. Seine Gedanken beschäftigten sich mit John Sinclair und auch mit der Tatsache, dass er leider nicht dazu gekommen war, ihm Bescheid zu geben.

Dieser Fall hatte sie auseinander gedriftet wie selten, wobei er zu Beginn kaum so ausgesehen hatte.

»Jetzt müssen wir ab!« Krystos sprach die Worte, nickte sich selbst bestätigend zu und betätigte den Blinker.

Der schmale Weg war kaum zu erkennen. Mehr eine Schneise, die in struppiges Buschwerk hineinführte. Der Scheinwerferteppich tanzte auf und nieder. Er gab der Natur einen gespenstischen Glanz und schreckte auch Vögel aus ihrem Schlaf hoch, die sich mit flatternden Flügelbewegungen erhoben.

Krystos atmete schwerer und auch lauter. Ein leises Lachen drang über seine Lippen. »Spürst du es auch?«

»Was soll ich spüren?«

»Dass unser Ziel nahe ist und sich die Vergangenheit erhellt. Sie ist auf dem Weg zu uns, wir sind auf dem Weg zu ihr. Ich sage dir, dass wir uns in der Mitte treffen werden, und die ist sehr bald erreicht. Ich freue mich darauf.«

»Mal sehen.«

»Willst du nicht wissen, als was du damals gelebt hast?«

»Nicht unbedingt, denn es kommt immer darauf an,

auf welcher Seite ich gestanden habe.« Suko dachte an Karas Warnung, die sie nicht grundlos abgegeben hatte.

Der Grieche schüttelte den Kopf. »Das ist mir alles egal. Uns hat es getroffen, ich will es wissen.« Er fluchte plötzlich, weil eine Bodenwelle den Wagen so strapazierte, dass es sich anhörte, als würde er in der Mitte entzweibrechen.

»Hast du dir nie darüber Gedanken gemacht, als was du gelebt haben könntest?«

»Nein.«

»Und wenn du ein Verbrecher gewesen bist?«

»Es stört mich nicht.«

Suko schwieg. Zudem wollte er den Fahrer nicht ablenken, der sich auf den Weg konzentrieren musste. In Schlangenlinien ging es durch den Wald. Von den Ruinen sah Suko nichts. Er sprach den Fahrer allerdings noch einmal darauf an und wollte auch etwas über die Bedeutung wissen.

»Der Bote hat es mir gesagt.«

»Stammt er von dort?«

»Ja, sie sind ein Überrest.«

»Von Atlantis?« Suko lachte leise. »Das kann ich nicht glauben, Krystos. Atlantis findet man überall, nur nicht bei uns auf den Britischen Inseln.«

»Man hat sie hier gebaut.«

»Wen oder was?«

»Die Schattenburg. Seine Schattenburg. Er hat dort gelebt. Ich weiß es sehr gut. Er will sie wieder aufbauen. Er braucht Hilfe, und ich bin einer der Ersten gewesen, die ihm zur Seite standen. Damals, als ich mein erstes Leben führte.«

»Sie wissen sehr viel.«

»Es klärt sich immer mehr auf. Je näher ich dem Ziel komme, umso mehr erinnere ich mich. Die Erinnerung ist wie ein gewaltiger Kessel, der seinen Dampf entlassen hat, um meinen Kopf auszufüllen. Es wird sich alles so ereignen, wie ich es mir vorstelle.«

»Und was stellen Sie sich vor?«

»Später«, flüsterte Krystos. Er löste eine Hand vom Steuer und wies durch die Scheiben. »Da ist es«, sagte er mit einer beinahe vor Ehrfurcht erstarrten Stimme.

Er hatte Recht.

Der Weg führte auf eine Lichtung, wo Suko die dunklen, kantigen, teilweise überwachsenen Gegenstände sah, die als Reste dieser alten Schattenburg umherlagen.

Das waren die Ruinen.

Krystos riss das Lenkrad nach links. Er fuhr den Wagen so weit vor, bis die Kühlschnauze fast das Gestrüpp berührte. »Wir sind da!« Er konnte es kaum erwarten, aus dem Fahrzeug zu steigen. Als der Gurt klemmte, fluchte er wütend.

Suko ließ sich mehr Zeit. Als er neben dem Wagen stand, hatte Krystos bereits die unmittelbare Umgebung der Steine erreicht und bewegte sich zwischen ihnen wie ein Betrunkener. Seine Arme hatte er halb angehoben. Er winkte mit beiden Händen, als wollte er irgendwelche Wesen herbeilocken, die sich in der trüben Dunkelheit verborgen hielten.

Suko drückte die Tür leise zu. Seinen Blick richtete er gegen die Wolken.

Sie lagen nicht so dicht zusammen, als dass sie eine durchgehende Mauer gebildet hätten. Zwischen ihnen waren Lücken entstanden, die blank schimmerten.

Aus einer von ihnen leuchtete der Mond!

Der Wind hinterließ auf dem Rücken des Inspektors ein kaltes Frösteln.

Es war eine sehr einsame und auch irgendwie unheimliche Gegend, in der sich nichts rührte. Die Natur schien eingeschlafen zu sein.

Neben einem hochkant hervorragenden Block war Krystos stehen geblieben und winkte Suko zu.

»Was ist denn?«

»Das Zentrum«, flüsterte der Grieche mit beinahe beschwörender Stimme. »Das Erbe des alten Kontinents. Hier wirst du es spüren. Komm, aber komm schnell, denn es werden sich dir neue Perspektiven eröffnen, von denen du bisher nicht zu träumen gewagt hast.«

»Mal schauen.« Suko war skeptisch. Sein Misstrauen blieb auch jetzt vorhanden. Obwohl er bisher keinen anderen gesehen hatte, konnte er sich vorstellen, dass irgendwo jemand lauerte, der sie unter seiner Kontrolle behielt.

Nur der Wind sorgte für Bewegung. Er spielte mit dem Buschwerk, er drehte sich um die dünnen Äste, er beugte sie nieder, er ließ das Blattwerk im Mondlicht rascheln.

»Willst du nicht?«, rief Krystos.

»Doch, ich komme.«

Sukos Füße schleiften durch das Gras. Er näherte sich den ersten Blöcken.

Aus der Nähe kamen sie ihm noch bedrohlicher vor. Es hätte ihn nicht gewundert, wenn sie plötzlich von einer gewaltigen Kraft aufgesprengt worden wären, um irgendwelche Dämonen zu entlassen.

Das Gefühl des Griechen konnte er nicht nachvollziehen. Er spürte nichts von einem fremden Atem, der aus der tiefen Vergangenheit in diese Zeit hineinwehte und ihn streifte.

Dieser Ort war zwar nicht normal wie viele andere in der Umgebung, als außergewöhnlich sah Suko ihn trotzdem nicht an.

Krystos hatte die Schritte des Inspektors gehört und drehte sich herum. Der Grieche schaute ihn an.

Sein Gesicht sah seltsam verklärt aus. Er wirkte wie ein Mann, der sich mit seinem Schicksal abgefunden hatte und nun darauf wartete, dass eine Änderung eintrat.

Suko passierte einen Klotz. Er zeigte zwar eine rechteckige Form, auf seiner Oberseite allerdings war er gewellt.

Dann hörte er die Stimme.

»Da ist er ja!«

In seinen Rücken sprang der Fremde.

Suko duckte sich, kreiselte herum, sah noch etwas Gelbes und darüber schemenhaft ein Gesicht, das von einem weißen Bart umflattert wurde.

Dann erwischte ihn der Hieb.

Furchtbar und unheimlich hart.

Bei Suko verlöschten sämtliche Lichter. Er fiel zu Boden und merkte es nicht einmal…

*

Krystos lachte. Es hörte sich an, als würde ein Hund heiser bellen. Er streckte einen Arm vor und fragte: »War ich nicht gut?«

»Ja, das warst du«, sagte der Alte, bevor er einen Schritt näher kam. Sein Mantel bewegte sich dabei mit glockenförmigem Schwung. In der rechten Hand hielt er einen mit Sand und Blei gefüllten Ledersack, der Suko ins Land der Träume befördert hatte.

»Und der andere?«, fragte Krystos.

»Wird auch kommen.«

Die Antwort war mit einer derartigen Sicherheit erfolgt, dass der Grieche keine Frage mehr stellte. Stattdessen musste er Suko zur Seite rollen, wo dieser in Deckung eines Steins liegen blieb und auch nicht sofort gesehen werden konnte.

Der Mann im gelben Mantel griff in seine Tasche. Um seine Lippen hatte sich ein Lächeln gelegt, das im Mondlicht wie aufgemalt wirkte. Die Augen glänzten, als er die Faust öffnete und eine goldene Münze präsentierte, auf deren Oberseite die Fratze des Dämons Semerias eingraviert war.

»Das ist er«, flüsterte der Diener. »Das ist dein Weg zurück in das alte Leben…«

Krystos nickte nur…

*

Wir waren gefahren, immer nur gefahren, und die Einsamkeit des Landes hatte uns verschluckt. Die Gegend, die Düsternis, die fahlen Bänder der Straßen, der weite, hohe Himmel, die mächtigen Wolken mit den blanken Stellen dazwischen, durch die der Mond auf die Erde glotzte.

Nora Shane hatte nicht viel geredet, sondern immer nur davon gesprochen, dass ich fahren sollte.

Okay, sie musste es wissen.

Und sie war nicht mehr die Nora Shane, wie ich sie kennen gelernt hatte. Im Laufe der Zeit hatte sich in ihrem Innern etwas verändert. Sie war, so kam es mir jedenfalls vor, unter einen fremden Einfluss geraten, den sie auch nicht abschüttelte, der sich sogar noch verstärkte und sich auch auf ihre Haltung übertrug.

Von einer Entspannung konnte keine Rede sein. Sie war sehr wachsam, ähnlich wie ein Hund, der genau wusste, dass sich in der nächsten Zeit ein Dieb dem Haus oder Grundstück nähern würde.

Der Zug um ihren Mund hatte sich verhärtet, und ihre Lippen wirkten wie blau angemalt. Starre Augen schauten gegen die Scheibe, und manchmal trat ein Ausdruck in ihr Gesicht, als wollte sie über ein bestimmtes Problem nachdenken.

Auf meine Fragen hatte sie keine Antwort gegeben, sondern nur den Kopf geschüttelt.

Keine Antwort, was Atlantis und ihr erstes Leben anging. Keine Antwort auf irgendwelche Fragen, die eine Vergangenheit ihres Vaters betrafen.

Nur einmal hatte sie etwas gesagt. »Sie werden es sehen, John. Sie werden es sehr bald sehen und auch erleben können. Denken Sie an die Ruinen, die Sie bald erleben können.«

»Erleben oder sehen?«

»Beides.«

Wir fuhren auf einer einsamen Straße, die eine Schneise in die hügelige südenglische Landschaft schnitt. Ein Gebiet der flachen Täler, der kleinen Bäche, der alten, einsam stehenden Häuser, der kleinen Brücken und schiefen Zäune.

Auf einmal fing sie an zu sprechen. »Es ist eine schmale Zufahrt, die durch den dichten Wald führt. Wir werden sie bald erreichen, Sie müssen dann aufpassen!«

»Und wo?«

»An der linken Seite.«

»Danke.«

Ich verminderte die Geschwindigkeit und gewann immer mehr den Eindruck, dass mir diese Person entglitt. Je näher wir dem Ziel kamen, umso mehr verstärkte sich dieser innerliche Wandel. Hatte sie überhaupt noch Einfluss auf sich selbst?

Ich zweifelte daran, denn andere, alte Kräfte aus der tiefen Vergangenheit umgaben sie und zogen das Netz zusammen, um sie aus der Gegenwart hervorzuholen.

Manchmal blickte sie zu Boden, strich auch über ihr Gesicht, als wollte sie die Schatten der Erinnerung abwischen.

Aber sie blieb dieselbe.

»Es ist nicht mehr weit«, flüsterte Nora. »Sie müssen Acht geben, passen Sie auf!«

Die Lücke war da. Als hätte eine riesige Faust in den Buschgürtel hineingeschlagen. Krumme, dornige Zweige standen vor. Sie waren wie Krallenhände, die kratzend über die Karosserie des Rover strichen, als wollten sie uns klarmachen, dass wir jetzt ein Reich betraten, das für Menschen gefährlich war.

Zunächst einmal bereitete die Umgebung dem Rover einige Schwierigkeiten. Er rumpelte über die schlechte Wegstrecke, und nicht nur einmal stieß ich mit dem Kopf gegen den Wagenhimmel.

Das Scheinwerferlicht tanzte wie eine kompakte Masse verlorener Seelen, die sich zu einem makabren Reigen zusammengefunden hatten, um unseren Weg zu begleiten.

Auch meine Spannung war gewachsen. Sie lastete auf dem gesamten Körper und drückte gleichzeitig von innen. Ich schwitzte.

Die Nacht war wie ein Vorhang, der sich immer dichter zusammenzog. Wir rollten durch eine finstere Schlucht. Hartes Buschwerk bildete die Ränder, und das Auge des Mondes glotzte fahl in die Enge hinein.

Nora wurde plötzlich fröhlich. Sie pfiff leise vor sich hin. En altes Kinderlied, als hätte sie bewusst auch den Teil ihrer Vergangenheit ans Tageslicht gezerrt.

Ich fragte sie nicht nach den Gründen und fuhr vorsichtig weiter. Manchmal schlug der Boden gegen die untere Seite der vorderen Stoßstange, als hätten ihn verborgene Hände bewusst in die Höhe gehoben.

Und dann hatte das Licht freie Bahn.

Er verteilte sich auf einer Lichtung und kroch auch

geisterhaft an den Klötzen entlang, die diese Lichtung bevölkerten. Es waren die Steine, es war die Ruine.

»Aus das Licht!«

Ich schaltete es ab.

»Ja, das ist gut.«

»Soll ich anhalten?«

»Bitte.« Sie stieß das Wort flüsternd aus. Ihre Erregung hatte sich gesteigert.

Als ich stoppte, hatte sie bereits den Sicherheitsgurt gelöst und stieg schnell aus.

»He, warten Sie, Nora!«

Sie hörte nicht. Plötzlich hatte sie es eilig und eilte an einem breiten, bewachsenen Stein vorbei, wobei sie beide Arme anhob, als wollte sie das Mondlicht umfangen.

Irgendetwas, irgendeine fremde Kraft musste sich hier versteckt halten, nur wusste ich nicht, was es war. Im Gegensatz zu Nora ging ich langsamer und behutsamer vor.

Nur nicht in eine Falle laufen.

Und doch lief ich hinein.

Hinter einem der Steine sah ich die schnelle Bewegung. Etwas löste sich von dort, wischte in meine Richtung.

Ich duckte mich.

Der Stein traf mich an der Schulter, berührte auch meinen Rücken, ließ mich einige Schritte nach vorn taumeln, sodass ich genau in den Schlag hineinlief.

Ich sah den Schatten nicht, ich hörte nur ein sausendes Geräusch, und dann erwischte es meinen Hals.

Der Schmerz war wie irre!

Ein zündender Funken, der explodierte und mich in das Reich der Schatten schickte…

*

Die Hand, die zugeschlagen hatte, wurde wieder angehoben.

Ein Mann schob sich aus dem Schatten hervor. Er trug einen hellen Mantel, stieg über den regungslosen Körper hinweg und schritt auf direktem Weg der wartenden Nora Shane entgegen.

Auf seinem Mund lag ein Lächeln ohne Ausdruck. Es war einfach da, ohne jedoch freundlich oder zuvorkommend zu wirken. Man konnte meinen, dass der Mann stets lächelte, egal, welch einer Person er gegenüberstand.

»Ich freue mich, Nora!«

Sie nickte nur. »Du – du hast meinen Vater gekannt?«

»Ja.«

»Wie war er?«

»Ein Mächtiger. Du kannst stolz darauf sein, dass er dein Vater gewesen ist.«

»Semerias?«

»So haben sie ihn genannt, und so haben sie ihm das Andenken geweiht, das ich nun bei mir führe.«

»Wo ist es?«

Der Alte mit dem weißen Bart zeigte es noch nicht sofort. Zunächst winkte er, und Nora hörte hinter ihrem Rücken die schleichenden Schritte.

Nora drehte sich um und entdeckte einen ihr fremden, dunkelhaarigen, kantig wirkenden Mann, dessen Silhouette im Mondlicht geisterhaft wirkte. Sie fürchtete sich im ersten Moment, was auch dem Weißbärtigen aufgefallen sein musste, denn er sprach sie mit leiser Stimme an und riet ihr, keine Furcht zu zeigen, denn der Fremde und sie gehörten zusammen.

Nora war irritiert. »Das kann ich nicht…«

»Ihr habt denselben Vater.«

Sie erschrak. »Er auch?«

»Ja.« Der Weißbärtige lächelte. »Ihr seid die Ersten gewesen, mit euch ist Semerias neue Wege gegangen. Er hat seine Kraft und seine Macht darauf verwendet, um euch zu verändern, und es ist ihm tatsächlich gelungen.«

»Aber das war damals.«

»Stimmt, und es wird wiederholt, denn Semerias ist immer noch da, wenn auch in einer anderen Gestalt, die dein Vater, dein zweiter, gefunden hat.«

»Welche denn?«

»Die Münze – in einem Buch versteckt.«

Nora war wie vor den Kopf geschlagen. Sie ahnte, dass sich ihr bald ein furchtbares Geheimnis offenbaren würde, aber sie fand nicht die Kraft, um nachzufragen.

Das brauchte sie nicht, denn der Weißhaarige übernahm die Kontrolle. Er schob Nora mehr auf Krystos zu und damit auf die Mitte der Lichtung.

Dort musste sie stehen bleiben. Für einen Moment dachte sie an ihren Begleiter, der niedergeschlagen worden war. Sie wollte davon sprechen, aber der Alte schaute sie nur an, und so verstummte sie augenblicklich.

Er trat drei kleine Schritte zurück, damit er beide Personen vor sich hatte.

»Das ist gut«, sagte er. »Wir bilden ein Dreieck. So soll es auch sein.«

»Was haben Sie mit uns vor?« Noras Stimme klirrte. Sie war ziemlich durcheinander.

»Ich nicht viel, meine Liebe. Es gibt andere Kräfte, die etwas mit euch vorhaben, euer Vater, zum Beispiel.«

»Ist er hier?«

»Nora, er ist immer da.« Der Alte sprach mit ihr wie ein Lehrer zu einem ungeduldigen Kind.

»Dann will ich ihn…«

Sie sah die Münze. Der Weißhaarige hatte blitzschnell seine Faust geöffnet.

Auf dem Handteller lag der goldene Kreis mit der Gravur dieser alten Götzenfratze.

»Semerias!«, hauchte Nora.

Ihr gegenüber gab Krystos einen tiefen Stöhnlaut ab.

»Ja, das ist sein Antlitz. Das ist seine Welt, das ist seine Kraft, von der er nichts verloren hat.« Der Alte hatte jetzt lauter gesprochen und schleuderte die Münze blitzschnell hoch.

Automatisch schauten Nora und Krystos ihr nach, wie sie in die Höhe flog, sich dabei mehrmals überschlug, den höchsten Punkt erreichte und wieder fiel.

Mit einem dumpfen Laut schlug sie auf, blieb auf dem Rücken liegen und verschwand nicht im Gras. Es sah so aus, als hätte sie die Halme in ihrer Nähe geplättet.

Der Alte hob beide Arme.

Und es passierte.

Ein unseliges, unheimliches Leben durchtoste die Münze. Es setzte sich aus blitzhaften Entladungen zusammen, die aus der Münze hervorstachen, ein zuckendes Muster bildeten und in verschiedene Richtungen zirkelten.

Ein Strahl traf Nora, der andere Krystos!

Und beide verwandelten sich…

*

Nora kam es vor, als wäre ihr Innerstes von Flammen erfüllt, ohne dass sie allerdings verbrannt wurde. Jemand riss ihr den Boden unter den Füßen weg und gleichzeitig auch das alte Leben aus ihr hervor, um ihr ein neues zu geben.

Der Mensch Nora verschwand!

Etwas zerrte an ihr. Es waren Schatten, die sich anfühlten wie Greifzangen. Sie ließen sie nicht los, sie rissen ihr die Haut ab, sie pellten ihr Gesicht, das an verschiedenen Stellen aufplatzte, ohne dass jedoch Blut hervordrang.

Dafür veränderte es sich, als wäre ein nicht sichtbarer Künstler dabei, es zu modellieren.

Haare sprossen hervor.

Erst sehr kurz, dann immer dichter werdend, sodass sie schließlich ein braunes Fell bildeten. Es blieb nicht allein auf das Gesicht beschränkt, es breitete sich am gesamten Körper aus und wuchs auf ihm wie eine Matte.

Aus den Zähnen war ein Gebiss geworden, aus der menschlichen Stimme ein keuchendes, raues Organ.

Das Tier stand da.

Und nicht nur einmal, sondern zweimal, denn auch

Krystos hatte sich durch die Strahlungskraft der Münze in eine Bestie verwandelt, in ein Wesen, dem die Sucht nach Tod, Grauen und Vernichtung ins Gesicht geschrieben stand.

Er war es auch, der das schreckliche Heulen ausstieß, das zwischen den Steinen echote wie ein schauriger Todesgruß, der allen klarmachen wollte, wie nahe sie bereits am Rand des Grabes standen.

Der alte Mann mit dem weißen Bart und den hellen Haaren war zufrieden. Er schaute auf die glänzende Münze am Boden und blickte dann auf die beiden Gestalten, die nicht mehr von den Blitzen umwirbelt und umzuckt wurden.

Er hatte es geschafft. Die alte Kraft hatte sich nicht abgeschwächt, sie war noch ebenso vorhanden wie vor unzähligen Jahren.

Ein Schauer rann über die hagere Gestalt. Der Mann sprach aus, was er dachte.

»Die ersten beiden Werwölfe, die es je in Atlantis gab, sind nun zurückgekehrt…«

Und sein Lachen mischte sich in die heulenden Laute der Bestien…

Herr der Schattenburg

Er folterte mich, er ließ mich nicht in Ruhe, er zermarterte meinen Willen, und er zwang mich dazu, endlich die Augen zu öffnen.

Ich spürte das Zucken im Hals, das Vibrieren im Kopf, diesmal keine Folge des Schreis, sondern eine des Treffers mit dem harten Gegenstand, der mich ins Reich der Träume geschickt hatte. Alles war zu schnell gegangen, den Gegner hatte ich nicht einmal sehen können, aber das schob ich zunächst von mir fort, weil mich die Vergangenheit im Moment nicht interessierte.

Die Zukunft war wichtiger.

Etwas kitzelte mein Gesicht, als ich den Kopf bewegte. Zunächst dachte ich an eine Spinne, bis mir klar wurde, dass ich mit der Wange an einem Grashalm entlang schabte, dessen Spitze bis über meine Nasenwurzel hinweg an die Stirn heranreichte.

Ich lag im Freien.

Ich lag auf einer Wiese.

Ich war erwacht.

Und ich hörte noch immer den verfluchten Schrei, der mir jetzt wie eine Drohung vorkam, als würde derjenige, der ihn ausgestoßen hatte, in der tiefen Dunkelheit lauern, die diesen Ort umgab.

Er peitschte mich hoch. Ich stützte mich ab, kam auf die Füße, taumelte vor und fiel wieder hin.

Verdammt, ich hatte mich überschätzt. Der Treffer war doch stärker gewesen, mein Kreislauf spielte noch verrückt. Der Untergrund war weich, ich kam mir vor wie in einem natürlichen Bett.

Ich saugte den Atem zwischen den fest zusammengebissenen Zähnen ein. Ich fluchte innerlich über meine Unvollkommenheit, und ich wusste auch, dass ich verloren hatte.

Zumindest die Person, mit der ich hergekommen war.

Ich erinnerte mich. Bilder stiegen vor meinem geistigen Auge in die Höhe. Ich sah eine Frau mit ziemlich heller Haut und rötlichblondem Haar. Eine Person, die Nora Shane hieß, zwei Väter hatte, wobei einer in Atlantis und der andere in der Gegenwart gelebt hatte. Aber der Atlanter war nicht tot gewesen, er lebte irgendwie weiter, wenn auch anders als früher, und er hatte es geschafft, einen breiten Schnitt in das Leben der Nora Shane zu schneiden.

Ich hatte mich um sie kümmern wollen, denn sie wusste mittlerweile Bescheid. Sie hatte mich zu den Ruinen geführt, wo sich die Kräfte angeblich vereinigt hatten, die noch aus Atlantis stammten, aber davon hatte ich nichts mitbekommen.

Der Schlag war aus dem Hinterhalt erfolgt und hatte mich gefällt.

Der Schrei war verklungen. Die Stille der Nacht lag über dem Gelände. Hoch über mir war der Himmel nicht mehr so wolkig. Der Wind hatte die gewaltigen Haufen vertrieben und ihn frei gemacht für einen blassen, runden Mond, der wie ein gewaltiges Auge in die Tiefe glotzte, als wollte er mich beobachten.

Der erste Versuch hatte mich gelehrt, nicht so forsch auf die Beine zu kommen. Den Zweiten ging ich entsprechend behutsamer an. In der Nähe stand ein Schatten, den ich allerdings berühren konnte und feststellen musste, dass es sich bei ihm um ein Stück dieser alten Ruine handelte. Ich benutzte ihn als Stütze, quälte mich hoch und freute mich darüber, dass ich diesmal nicht fiel.

Die Freude aber dauerte nur wenige Sekunden, bevor sie sich in Furcht verwandelte.

Wieder wehte der Heulton heran.

Geboren in der tiefen Finsternis außerhalb der Ruinen, wo das Wesen lauerte.

Wesen?

Mir war ein Schauer über den Rücken gelaufen. Ich konzentrierte mich auf das schreckliche Geräusch. Ich wollte es identifizieren, lauschte und glaubte fest daran, dass es von keinem normalen Tier stammte.

Da lauerte eine Bestie.

Keine Hyäne, auch kein Wolf, aber den Begriff Wolf hielt ich schon in meinen Gedanken fest und setzte nur noch eine Silbe davor:

Werwolf!

Ich hatte keinen Beweis, nur eine Erinnerung, die zu einer Theorie führte.

Es war in Nora Shanes Schlafzimmer gewesen. Sie hatte das Buch ihres zweiten, toten Vaters gefunden. Eine Attrappe mit dem Titel »Semerias«. Und so hatte auch ihr erster Vater, die Person aus Atlantis, geheißen. Und sie hatte die Gravur auf dem Buchdeckel gesehen, eine schaurige Fratze, mehr Götze als Mensch – und magisch geladen, denn Nora war angegriffen worden.

Die Entladung hatte sie erwischt, sie war in ihr Wohnzimmer geflohen, und dort hatte ich für einen Moment den Schatten über ihr Gesicht huschen sehen.

Die Fratze eines Werwolfs!

Ich hörte das Heulen, ich verglich es mit den Gedanken, die mich in die kürzeste Vergangenheit geführt hatten, und merkte, dass der Schweiß auf meinem Gesicht kalt wurde.

Ein Zeichen der Angst.

Nicht um mich, sondern um Nora. Ich war bewusstlos gewesen, ich hatte nicht mitbekommen, was sich hier abspielte, aber ich hörte dieses verfluchte Heulen, das eigentlich nie gleich blieb, sich des Öfteren änderte, mal hoch und jaulend an meine Ohren schwang, dann wieder brummig und kratzig wurde.

Konnte eine Person oder eine Bestie derartig heulen?

Ich wollte es nicht glauben. Es kam mir einfach alles zu fremd vor. Nicht nur eine Bestie, es war durchaus möglich, dass zwei dieser Wesen ihren schaurigen Gruß in die Nacht schickten.

Der Mond schien. Sein Licht floss in breiter Form gegen die Erde. Es berührte den Boden und ließ die Ruine silbrig glitzern.

Mein Weg führte mich nach vorn. Ich hatte etwas gesehen, einen noch dunkleren Fleck, der sich deutlich vom ebenfalls dunklen Bewuchs des normalen Bodens abhob.

Ich hatte ihn kaum erreicht, als das Heulen verstummte. Etwas vorgebeugt blieb ich stehen, lauschte noch einmal und glaubte einfach nicht, dass sich dieser schreckliche Laut wiederholen würde. Es hatte zuletzt wie ein Abschluss geklungen.

Aus – vorbei…

Ich war zurückgeblieben, ein Einsamer, ein Verlierer, und jemand, den die Bestien nicht getötet hatten. Darüber dachte ich ebenfalls nach, während ich mit meinen Händen über den Körper fuhr und feststellte, dass noch all meine Waffen vorhanden waren.

Beretta, Silberdolch – und das Kreuz!

Hatten sie mich geschützt?

Meine Kleidung zeigte weder Risse noch irgendwelche Streifen, die darauf hindeuteten, dass Krallenhände über sie hinweggefahren waren. Sie war völlig normal, bis auf die leichte Feuchtigkeit, an der Grashalme und kleine Blätter klebten.

Ich schaute nach unten. Meine Füße interessierten mich nicht, sondern die Stelle, die wesentlich dunkler war als der normale Boden.

Ich ging in die Hocke.

Mit der flachen Hand strich ich darüber hinweg. Um besser sehen zu können, schaltete ich meine kleine Lampe ein, führte den Strahl kreisförmig über das veränderte Gebiet und stellte fest, dass dieser Teil hier wie verbrannt wirkte.

Verbrannt?

Ich roch nichts, es war nicht im eigentlichen Sinne verkohlt, was auf ein normales Feuer hingewiesen hätte, dennoch sah dieser Teil aus, als wäre seine Vegetation abgebrannt worden.

Wieso?

Ein normaler Mensch hätte die Schultern gehoben. Ich war zwar auch normal, aber ich beschäftigte mich mit Fällen, die außerhalb der Normalität lagen und ging davon aus, dass hier zwar ein Feuer gebrannt hatte, aber ein magisches. Hier war etwas geschehen, hier hatte sich etwas verändert, vor mir war eine magische Metamorphose eingetreten.

Die Verwandlung eines Menschen…

Ich dachte wieder an das schreckliche Heulen, diese Mischung aus Schreien und Klagen, die Triumph und Tragik verkündete.

Da wusste ich die Lösung!

Ein Mensch hatte sich in einen Werwolf verwandelt. An diesem verbrannten Ort, unter dem Einfluss des kalten Mondlichts. Genau hier war er zur Bestie geworden.

Und die hatte ich schreien hören.

Etwas lief wie Eiswasser über meinen Rücken, denn es gab nur eine Erklärung, wer sich verwandelt hatte.

Das musste Nora Shane gewesen sein!

Sekundenlang schien die Natur den Atem anzuhalten. Vielleicht bildete ich mir dies auch nur ein, aber ich lag schon richtig mit der Vermutung. Es gab ja keine andere Person, der dies hätte passieren können, es sei denn…

Da hörte ich das Stöhnen.

Es war ein menschliches Geräusch, sogar typisch menschlich, denn es war verbunden mit einem leisen Fluch. Obgleich die Stimme nur als Flüstern zu hören gewesen war, hatte ich sie erkannt und wusste, wer da den Fluch ausgestoßen hatte.

Ich drehte mich um und ging in die entsprechende Richtung. Neben einem der Steine bewegte sich etwas. Zunächst nur auf dem Boden, dann wuchs der Schatten und nahm menschliche Gestalt an.

»Hi, Suko!«, sagte ich.

Mein Freund erstarrte. Jetzt wirkte er wie jemand, der nicht wusste, ob er träumte oder wachte.

»John?«

»Es ist kein Traum. Du bist auch nicht im Himmel.«

Mir klang sein Lachen entgegen. »Dann hätte ich dich wohl kaum gesehen, Alter.« Er strich über seinen Kopf und ließ die rechte Hand bis zum Nacken gleiten. »Hat man dich auch erwischt?«

»Ja. Aber nicht so stark wie dich. Ich turne hier schon seit einigen Minuten herum.«

»Wunderbar. Dann kannst du mir sicherlich sagen, wer es gewesen ist.«

»Ein Schatten, Suko. Ein Schatten, der einen Hammer gehabt hat. Nehme ich jedenfalls an.«

Suko sagte nichts, obwohl er sicherlich Fragen genug hatte. Er wechselte das Thema. »Ich bin so richtig in Form, um dir zuzuhören, John.«

»Ich auch.«

»Fang du trotzdem an.«

Ich kam sofort zur Sache, schmückte nichts aus und hörte nur hin und wieder das Lachen meines Freundes, der mir später erklärte, dass es ihm ähnlich ergangen war.

»Dann hat man uns reingelegt!«, stellte ich fest.

»Und wer, bitte schön?«

»Beide?«

»Kann sein.«

Ich hob die Schultern. »Ob sie es freiwillig getan haben oder nicht, das steht noch in den Sternen. Wir wissen jetzt, dass dieser Diener und auch dessen Chef Semerias zwei Helfer hat. Einmal Nora Shane und zum anderen diesen Krystos.«

»Richtig.« Suko lächelte mich derartig aufmunternd an, dass ich einfach weitersprechen musste. »Ich habe auch die verbrannte Erde hier gesehen. Es muss demnach etwas vorgefallen sein, das nicht so einfach zu begreifen ist…«

»Hatte dich nicht ein Heulton aus der Bewusstlosigkeit gerissen, Alter?«

»Darauf wollte ich hinaus.«

Suko nickte. »Kürze es ruhig ab. Wir müssen damit rechnen, es mit Werwölfen zu tun zu bekommen.«

»Genau.«

»Wie schön.« Er schaute an mir vorbei in die Dunkelheit, als könne er dort etwas Bestimmtes entdecken. Auf der einen Seite die Werwölfe, auf der anderen Atlantis. »Kannst du mir verraten, wie das zusammenhängt? Wie wir das in eine Reihe bringen sollen? Was haben Werwölfe mit Atlantis zu tun? Weißt du das?«

»Noch nicht. Ich gehe sogar noch weiter. Es muss eine Verbindung zwischen ihnen und dem Herrn der Schattenburg geben.«

Suko staunte. »Wer ist das schon wieder?«

»Semerias. So hat man ihn damals genannt.«

»Und Kara warnte mich«, stöhnte mein Freund.

Nun war ich überrascht. »Wieso Kara?«

Suko entschuldigte sich, dass er vergessen hatte, Kara und deren Warnung zu erwähnen. Beide wunderten wir uns auch jetzt darüber, dass sie nicht direkt eingegriffen hatte. Ansonsten blieb sie nicht so sehr im Hintergrund.

»Sie muss eine Sperre gehabt haben«, fasste ich zusammen.

Suko hob die Schultern, ein Zeichen, dass er nicht weiterdiskutieren wollte. Stattdessen machte er seine Runde und suchte das Gebiet der Ruinen ab.

Sehr schnell hatte er die Reifenspuren gefunden und winkte mir zu. Auch ich blieb stehen.

»Sie sind hin und wieder zurückgefahren. Wie bist du gekommen, John?«

»Mit dem Rover.« Ich deutete dorthin, wo ich das Fahrzeug abgestellt hatte. »Da steht er noch.«

»Dann sollten wir die ungastliche Stätte in dieser Richtung verlassen, finde ich. Irgendwo müssen wir die Spur aufnehmen.«

Suko nickte. »Ich schaue mir den Jahrmarkt näher an. Und besonders die Geisterbahn, wobei ich nicht hoffe, dass sich dort zwei echte Werwölfe verbergen.«

»Keine schlechte Idee.«

»Und du, John?«

»Zunächst werde ich dich begleiten. Aber ich möchte auch noch etwas abholen. Es ist eine Buch-Attrappe, und sie zeigt auf dem Deckel das Gesicht des Götzen Semerias…«

*

Die Nacht verschluckte das Auto.

Die Nacht war auch der Beschützer des Bösen. Viele fürchteten sich vor ihr, besonders vor den Stellen, wo kein helles Licht hindrang, wo kein Scheinwerfer die Dunkelheit erhellte und das Böse aus den Tiefen der Erde zu kriechen schien.

Die Nacht war der Schutzpatron aller lichtscheuen Wesen. Sie gab ihnen Sicherheit, sie sorgte dafür, dass Verbrechen nicht gesehen wurden, dass Menschen starben oder andere ihre geheimnisvollen Rituale durchführen konnten.

Wer die Nacht liebte, der hasste das Licht. Wer für die Nacht war, der fühlte sich in ihr wohl, der suhlte sich in der lichtlosen Schwärze und hatte das Gefühl, von schützenden Armen umschlossen zu sein.

Die Finsternis verdeckte das Böse, und das Böse konnte sich in ihr ausbreiten.

So dachten auch die drei Personen, die durch die Nacht fuhren und ihre Blicke auf den bleichen Lichtteppich der Scheinwerfer konzentrierten. Es waren drei Augenpaare, aber nur eines davon zeigte einen menschlichen Glanz, und zwar das des Fahrers.

Im Fond des Autos, wo die anderen beiden auf der Rückbank hockten, leuchteten die sichelförmigen Augen in einem kalten Gelb.

Eingebettet waren die Augen in schwarzes Fell. Schnauzen schimmerten in einem leicht feuchten Glanz. Sie trockneten auch nicht, denn immer wieder fuhren die Zungen aus den Mäulern, um sie mit Geifer zu beschmieren.

Es waren Bestien, Werwölfe, die durch die Dunkelheit gefahren wurden. Geschöpfe, die sich in der Nacht mehr als wohl fühlten, denn sie schützte sie wie ein großer Mantel.

Der alte Mann fuhr. Sein heller Bart sah aus wie ein silbriger Schaumstreifen, der zitternd die untere Gesichtspartie umwehte. Er hatte ein flaches Gesicht, deshalb zeigte er auch kein ausgeprägtes Profil. Die Nase stand nur wenig ab und erinnerte an einen auf dem Rücken liegenden Halbmond.

Der Mann freute sich, er war innerlich erregt, denn er hatte das geschafft, was eigentlich als unmöglich gegolten hatte. Die beiden Werwölfe lebten, ausgerechnet die beiden wichtigsten Bestien, die Ersten, die es einmal in Atlantis gegeben hatte.

Man hätte ihn ausgelacht, wenn er darüber gesprochen hätte, deshalb hatte er sicherheitshalber den Mund gehalten. Aber diejenigen, die es anging, die würden es schon wissen.

In der rechten Tasche steckte die Goldmünze. Sie war der wichtigste Gegenstand, den er bei sich trug. Er hatte zuerst nicht so recht daran geglaubt, dass sie es schaffen konnte, dass noch die alte Kraft der alten Insel vorhanden war, aber sie hatte ihn eines Besseren belehrt. Das runde Goldstück hatte nichts an Kraft verloren, die Magie war über alle die Jahre erhalten geblieben.

Er liebte die Münze, und er war stolz darauf, dass sie sich in seinem Besitz befand.

Der Anfang war gemacht worden. Er hatte die alten

Zeiten wieder zurückkehren lassen, und er würde auch weiterhin die Macht über die Bestien besitzen.

Semerias!

Während der Fahrt spukte der Name durch seinen Kopf. Er ließ sich einfach nicht vertreiben, er war immer da und würde auch bleiben. Semerias war ein Götze, er war eine Welt für sich, er hatte sich schon damals hervorgetan, als hätte er genau gewusst, was die ferne Zukunft alles bringen würde.

Und sie hatte etwas gebracht.

Zwei Bestien.

Einen Mann und eine Frau!

Menschen, die schon einmal gelebt hatte, die wiedergeboren waren, die neue Väter hatten, bei denen sich jedoch die alten Väter mit den älteren Rechten gemeldet hatten.

Sie waren es, die sie geholt hatten. Sie wollten ihnen beweisen, dass nicht alles vergessen war, was auch unter den Fluten des Meeres begraben lag.

Er hörte sie, denn sie waren unruhig. Die Wagenzelle kam ihm vor wie ein Käfig, der sämtliche Geräusche noch verstärkte. Wenn sie atmeten, hörte es sich an, als würde ein gefährliches Keuchen aus ihren Mäulern dringen.

Sie konnten auch nicht ruhig sitzen. Immer wieder strichen sie über das Polster hinweg, hatten keine Hände mehr, sondern Krallen und Klauen, mit denen sie über das Polster kratzten.

Diese beiden waren sein Trumpf, seine Karten, die gegenüber den Menschen stechen sollte.

Er ging davon aus, dass es so sein würde. Wo er erschien, würde er Angst und Schrecken verbreiten. Wenn er an die Menschen dachte, dann auch daran, dass zwei von ihnen den Weg zu den Ruinen gefunden hatten. Die Verwandlung der beiden Personen in Werwölfe war ihnen entgangen, dafür hatte er schon gesorgt. Was ihm aber überhaupt nicht gefallen hatte, war das Danach.

Der Alte hatte damit gerechnet, dass sich beide Bestien über die Bewusstlosen stürzen würden, um sie zu zerreißen. Es hatte auch zunächst so ausgesehen, doch es war nicht geschehen. Beide waren vor der Tat zurückgeschreckt, und das wollte nicht in den Kopf des Fahrers. Es musste da etwas geben, das sie nicht überwinden konnten. Sie hatten regelrecht Furcht gehabt, und der Alte fragte sich, was wohl der Grund dafür gewesen sein konnte.

Wäre ihm mehr Zeit geblieben, hätte er sich mit diesem Thema beschäftigt, aber die hatte er nicht. Er musste so rasch wie möglich den Ort verlassen, denn es gab gewisse Dinge, die noch erledigt werden mussten.

Er durfte nicht entdeckt werden. Er musste sich im Hintergrund halten und sich vor allen Dingen nicht verdächtig zeigen. Wenn er dies tat, hatte er bald die Polizei auf seinen Spuren, und so gut fühlte er sich auch nicht, als dass er ihr hätte entwischen können. Deshalb musste er sich zunächst um andere Dinge kümmern.

Sein Fahrzeug war zu verdächtig, es war bekannt, und die beiden Männer würden eine Fahndung nach ihm einleiten. Deshalb hatte er sich vorgenommen, das

Fahrzeug zu wechseln, und er hatte auch schon eine großartige Idee.

Er würde einen der großen Parkplätze anfahren, die es in dieser Gegend gab.

Es waren keine normalen Parkplätze, sondern welche, wo Camper übernachteten, bevor sie weiterfuhren. Sie lagen etwas abseits, der Lärm der Straße störte nicht, und der Alte hoffte, dort das Richtige für sich und die Bestien zu finden.

Er dachte dabei an ein Wohnmobil…

An einer Kreuzung stoppte er. Das bleiche Licht der Scheinwerfer floss über den grauen Asphalt und gab ihm ein geisterhaftes Aussehen. Das Gras am gegenüberliegenden Wegrand sah ebenfalls bleich aus. Seine Spitzen bewegten sich im leichten Wind, der wie ein fremder Atem über den Boden strich.

Er drehte sich um.

Zwei Augenpaare starrten ihn an. Kalte, gelbe, gefühllose Augen, in denen ausschließlich die Sucht nach Beute stand. Die Werwölfe hockten nebeneinander.

Bei der Verwandlung hatte sich auch ihr Körper ausgedehnt und die Kleidung zerfetzt. Sie war in den Nähten aufgeplatzt und umgab die dunklen, streng riechenden Körper nur noch als Fetzen.

Die Werwölfe hatten den Blick bemerkt und reagierten. Wieder kratzten sie mit den Händen über die Polster, sie zeigten ihre Unruhe, sie öffneten auch die Schnauzen, wobei ein warmer und gleichzeitig feuchter Atem aus den Mäulern hervorströmte, der faulig und streng zugleich stank, dem Mann am Steuer aber nichts ausmachte, denn er war es gewohnt, mit den Bestien zurechtzukommen.

Der Alte überlegte. Es musste eine Möglichkeit geben, mit den Fabelwesen in Verbindung zu treten, zu kommunizieren, aber keine, die Menschen anwendeten.

Sie würden nicht sprechen, sie würden nicht mit ihm reden, sie hielten sich zurück, weil sie nicht anders konnten, aber dennoch existierte zwischen ihnen ein Band.

Er nickte ihnen zu.

Hatten sie sich bisher sehr unruhig gezeigt, so saßen sie plötzlich still. Es war überhaupt ruhig geworden, nur der Motor lief noch, ansonsten schien der Wagen zu einem Gefängnis geworden zu sein, in den auch keiner hineinschauen konnte, denn die Scheiben fingen an, von unten her zu beschlagen. Die Feuchtigkeit legte sich über das Glas und kroch mit jedem heftigen Atemzug höher.

Der Alte lächelte. Er strich durch seinen dünnen hellen Bart. Es sah wieder so aus, als würde er Schaum zerreiben. Dann nickte er den beiden zu.

»Bald werden wir umsteigen«, flüsterte er, »dann werden wir den Zustand der Unsicherheit aufgeben. Ich habe mir für euch etwas Besonderes ausgedacht.«

Ihre Bewegungen erstarrten. Sie blieben starr sitzen, die Augen auf ihn gerichtet.

Hatten sie ihn verstanden?

Als der Alte atmete, hörte es sich laut an, dann nickte er. »Wir werden noch ein Stück fahren müssen und dann einen Weg nehmen, der weg von der Straße führt.

Bleibt noch ruhig, es wird bald die Zeit kommen, wo ihr es nicht mehr braucht.«

Nickten sie? Hatte er sich getäuscht? Er wusste es nicht, doch er merkte, dass er Kopfschmerzen bekam. Die Luft lag dick und brütend im Wagen, und die Scheiben beschlugen immer dichter. Wenn er einatmete, hatte er das Gefühl, diesen Gestank zu trinken. Er wühlte sich in seine Lungen, er war wie ein feuchter Vorhang, der sich durch nichts beirren ließ, der jede Stelle in seinem Körper ausfüllte.

Hinter seinen Schläfen hämmerten Schläge. Da klopfte es gegen die Haut, als wollten ihm andere eine Nachricht überbringen.

Bildete er sich etwas ein, oder war es die Vergangenheit, die sich meldete?

Nicht irgendeine, sondern eine Vergangenheit, die unter dem Meer begraben lag, die aber trotzdem vorhanden war und die Schwelle zwischen Raum und Zeit überspringen konnte.

Atlantis...

Ja, es war der alte Kontinent, der ihm seine Botschaft schickte. Der Alte konnte nicht mehr auf die beiden Werwölfe schauen, er drehte sich um und blickte jetzt gegen die Scheibe, auf der auch weiterhin die graue Feuchtigkeit lag, in die kleine Tropfen hineinglitten, ihre Bahnen zogen, als wären es Straßen und Wege.

Die Feuchtigkeit verschwand nicht, obwohl sie sich bewegte. Dem Mann kam sie vor wie Dampf, der ihm eine Nachricht überbringen wollte. Keine akustische, sondern eine, die allein durch gewisse Zeichen und Muster gesetzt worden war.

Waren es tatsächlich Figuren, die sich im Beschlag der Scheibe abmalten wie in einem Spiegel?

Er schaute hinein, er sah etwas Dunkles, noch viel dunkler als der feuchte Film.

Ein Haus?

Nein, ein Haus war es nicht, obgleich er es als ein Zeichen ansah. Das Ding war fast schwarz, es hatte auch Mauern, und die nach unten rinnenden Tropfen bewegten sich plötzlich anders. Entgegen der Schwerkraft liefen sie an der Scheibe hoch. Sie fanden ihren Weg in die Höhe, erreichten aber nicht den oberen Rand, sondern liefen, wenn sie einen bestimmten Punkt hinter sich gelassen hatten, in langen Linien wieder nach unten, dabei Spuren und Zeichen hinterlassend, die so etwas wie ein spitzes Dach bildeten oder einen Turm.

Auch auf der anderen Seite der Scheibe gehorchten die Tropfen nicht mehr den alten Gesetzen. Sie hatten sich selbstständig gemacht und zeichneten eine zweite Figur nach.

Es war abermals ein Turm.

Die beiden stachen dunkel und spitz hervor. Noch gab es keine Verbindung zwischen ihnen, aber das sollte sich sehr bald ändern, denn von zwei Richtungen rannen zwei Tropfen aufeinander zu, bis sie sich berührten und eine Linie geschaffen hatten.

Das Verbindungsstück stand.

Es war kein Traum. Für den Alten stand fest, dass ihm auf diese Art und Weise eine Nachricht überbracht werden sollte. Eine Nachricht, die eine bestimmte Bedeutung hatte.

Er war sehr gespannt und hielt sogar für einen Moment den Atem an. Was würde noch geschehen? Würden die Tropfen ihm weitere Hinweise auf bestimmte Dinge geben?

Noch immer hämmerte es hinter seinen Schläfen. Er hätte nicht mehr zu sagen gewusst, wie lange er in diesem Fahrzeug hockte, das ihm vorkam wie ein Gefängnis.

Seltsamerweise fühlte er sich von der übrigen Welt nicht abgeschnitten. Er hatte erkannt, dass ihm jemand einen neuen Weg zeigen wollte. Den Weg, der nur ihm allein galt.

Die Tropfen bewegten sich nicht mehr. Sie waren zur Ruhe gekommen, sie blieben jetzt bewegungslos auf dem Glas der Frontscheibe kleben, als hätte man sie dort gemalt.

Und so blieb auch die Burg! Eine blasse Zeichnung auf der Scheibe, die etwas zu bedeuten hatte, da war er sich völlig sicher. Und er überlegte weiter.

Keiner störte ihn. Im Fond des Wagens hockten die beiden Bestien bewegungslos, umschlossen von einem tiefen Dunkel, in dem nur ihre Augen leuchteten.

Ihr strenger Raubtiergeruch schwängerte die Luft, aber sie selbst bewegten nicht einmal ihre Krallen.

Der Weißbärtige dachte nach. Er starrte die Zeichnung an. Seine Hände hatte er zu Fäusten geballt, sie lagen auf seinen Oberschenkeln, und er spürte genau den Schweiß auf seiner Haut.

Die Zeichnung, die Türme, die Verbindung zwischen ihnen – einfach die Burg.

Eine Burg?

Er bewegte seine Augen, er holte tief Luft, und plötzlich hatte er es. Ja, das war die Lösung.

Die Burg, die Schattenburg!

Er erinnerte sich. Er dachte an seinen großen Herrn und Meister, an den Atlanter.

Semerias und die Schattenburg!

Für einen Moment schloss er die Augen. Er hätte jubeln können, aber er tat es nicht. Aber er wusste, dass diese Zeichnung gleichzeitig ein Zeichen war. Die Schattenburg galt es zu finden. Sie musste irgendwo sein, sie musste es geschafft haben, gewisse Wege zu finden, um die aufzunehmen, die zu ihr gehörten.

Nicht nur Semerias, auch die beiden Werwölfe!

Der Weißbärtige nickte. Der Schauer floss wie eine wohlige Welle über seinen Rücken. Er beugte sich vor, streckte die Hand aus und flüsterte: »Ich weiß Bescheid. Ja, ich weiß Bescheid.«

Dann wischte er mit der Handfläche über die Scheibe. Er tat es mit langsamen Bewegungen, als wäre er ein Maler, der sich bei seiner Arbeit besonders Zeit ließ. Und er schaute zu, wie die Türme der Burg verschwanden, wie alles ineinander verwischte, wie plötzlich die Tropfen liefen, aber nichts mehr zeichneten, sondern den üblichen Gesetzen folgten.

Geschafft!

Dann schaltete er das Gebläse ein. Der summende Ton

erfüllte den Wagen wie ein gewaltiges Rauschen, und er fuhr fahnengleich an den Scheiben in die Höhe.

Er öffnete die Seitenscheibe.

Die Nachtluft quirlte in den Wagen. Sie war frisch, sie wühlte die alte, abgestandene Luft durcheinander, und der Alte war froh über diesen Austausch. Jetzt bewegten sich auch die beiden Bestien. Sie drückten ihre Oberkörper nach vorn, öffneten die Mäuler, als wollten sie mit den langen Zungen über den Nacken des Weißhaarigen lecken.

Er drehte sich um.

Die Gesichter standen dicht vor ihm wie gemalt. Seine Lippen zuckten, als er sprach.

»Habt ihr es gesehen?«, flüsterte er. »Habt ihr die Zeichnung an der Scheibe gesehen?«

Sie gaben auf ihre Weise eine Antwort, schlossen die Augen, öffneten sie wieder.

Der Weißbärtige grinste. Er dachte an den Sieg, er dachte an die Zukunft, die überhaupt nicht mehr schlecht aussah. Er würde es schaffen, da war er sicher.

Kein Fahrzeug hatte die Kreuzung passiert. Um diese Zeit trieb sich niemand mehr in der einsamen Gegend herum. Zudem war die Nacht kühl, sie eignete sich kaum für Liebesspiele junger Leute. Die würden wärmere Nächte abwarten.

Sehr langsam fuhr er an.

Er lächelte, sein Ziel stand fest. Er wusste, wohin er wollte, und er würde es schaffen.

Auch wenn nach ihm gefahndet werden sollte, darüber konnte er jetzt nur lachen.

Er würde es ihnen zeigen, allen. Und ganz oben auf der Todesliste standen zwei Männer, die er auf die Spur des alten Grauens gelockt hatte.

Sinclair und Suko!

*

Ann Morland blieb vor der Tür des Wohnmobils stehen und zögerte damit, sie zu öffnen. Ihre Hand blieb über der Klinke schweben. Sie sah aus wie jemand, der im letzten Augenblick eine Warnung erhalten hatte und auf sie hörte.

Im vorderen Teil des Wohnmobils hörte sie ihren Mann Fred. Er war guter Laune, pfiff einen bekannten Schlager und hatte das Licht eingeschaltet, dessen weicher Schein den Platz hinter dem Lenkrad erhellte. Jenseits der beiden Sitze stand der kleine Tisch, an dem vier Personen Platz hatten, aber die Morlands waren nur zu zweit.

Fred hatte endlich ein Versprechen eingelöst. Und das nach genau fünfundzwanzig Jahren, so lange waren die beiden verheiratet. Sie feierten ihre Silberhochzeit, holten die Hochzeitsreise nach, eine Tour quer durch Großbritannien, zu der sie in all den Jahren zuvor nicht gekommen waren, weil der Urlaub sie immer woanders hingeführt hatte. Zumeist in den Süden. Spanien, Portugal und die Kanaren waren in gewesen, aber nicht ihre eigentliche Heimat.

Aber jetzt hatte er sich entschlossen, und es gefiel ihm, denn die gute Laune hielt bereits seit Tagen an. Am nächsten Tag würden sie nach London fahren und das gemietete Wohnmobil auf einem der Londoner Plätze abstellen.

Neben Ann stand ein Abfalleimer. Sie wollte ihn hinausbringen und den Müll in die große Abfalltonne kippen, die auf dem kleinen Parkplatz stand.

Doch sie zögerte.

Ann stand nicht im Licht. In diesem Teil des Wohnmobils herrschten die Schatten vor. Sie fürchtete sich davor, jetzt nach draußen zu gehen, denn dort breitete sich die Finsternis noch tiefer aus.

Ann konnte den Grund ihrer Furcht nicht nennen. Es war einfach das Gefühl, belauert zu werden. Okay, die Wände umschlossen sie, konnten ihr allerdings nicht die Sicherheit geben, die sie brauchte.

Ann Morland trug einen gelben Jogginganzug. Sie war eine schmale Person mit rotblonden Haaren. Für ihr Alter hatte sie sich noch gut gehalten, und manchmal erschien es ihr, als wären die fünfundzwanzig Jahre Ehe an ihr vorbeigehuscht wie ein Hauch.

Sie dachte an die Kinder, die längst erwachsen und aus dem Haus waren. Sie gingen ihren eigenen Weg, die Morlands konnten wieder für sich leben. Manchmal hatte Ann den Eindruck, als wäre ihr das Haus mittlerweile zu groß geworden.

Ein verlorenes Lächeln huschte über ihre Lippen. Gleichzeitig sah sie die Klinke nur noch verschwommen. Es dauerte etwas, bis ihr klar geworben war, dass sie den Griff durch einen Tränenschleier sah, der vor ihren Augen lag.

Komisch…

»Ann?«

Als sie Freds Stimme hörte, riss sie sich zusammen. Jetzt nur nicht zeigen, wie es ihr ging. Sie schluckte zweimal, räusperte sich. »Ja, was ist denn?«

»Ach, du bist noch da.«

»Sicher.«

»Schon zurück – oder...?«

»Nein, nein, ich will den Abfall noch wegbringen. Ich habe nur einen Moment gezögert.«

»Geht es dir gut?«

Sie lächelte, als sie die besorgte Stimme ihres Mannes hörte. Das hatte Fred auch in den langen Jahren nicht ablegen können. Er war noch immer sehr besorgt um seine Frau und fühlte sich stets wie der große Beschützer. »Ja, es geht mir gut.«

»Fein.« Sie hörte ein Geräusch, das wie ein dumpfes »Plopp« klang.

Ann wusste, was dies bedeutete. Ihr Mann hatte den Korken aus der Champagnerflasche fliegen lassen, und Champagner wollten sie trinken, bevor sie sich zur Ruhe legten, bestimmt miteinander schlafen würden, um ansonsten über die alten Zeiten zu sprechen, die einfach zu schnell vergangen waren.

»Ich gehe schon«, sagte sie.

»Okay, aber komm schnell zurück.«

»Was soll ich denn im Dunkeln?«

»Weiß ich auch nicht. Ich möchte aber nicht, dass dich jemand stiehlt, Darling.«

»Keine Panik, ich bleibe dir erhalten.« Freds Worte hatten Ann aufgemuntert und die Schatten der Furcht vertrieben. Sie drückte endlich die Kunststoffklinke nach unten, öffnete die Tür und trat ins Freie.

Die Morlands hatten ihren Wagen auf einem kleinen Parkplatz abgestellt. Man konnte ihn vom Motorway her erreichen, musste eine dichte Buschinsel umfahren, die den Parkplatz zur Fahrbahn hin abschirmte, und kam sich dann vor wie gefangen in der tiefsten kanadischen Einsamkeit. Selbst die Geräusche der vorbeifahrenden Wagen auf dem Motorway wurden zum Großteil vom Buschwerk geschluckt.

Zur Oberfläche führten zwei schmale Stufen. Ann ging die Erste, ließ auch die Zweite hinter sich – und blieb stehen. Ein kalter Windstoß erwischte sie und die offen stehende Tür. Er war so kräftig, dass er sie sogar ins Schloss drückte.

Sie runzelte die Stirn und schaute sich um. Vor ihr lag die Buschinsel, dahinter der Motorway, über den auch um diese Zeit noch die Wagen huschten.

Hin und wieder sah sie das blitzende Licht der Scheinwerfer, und es kam ihr vor, als wäre es ein Gruß von fernen Sternen, die sich zusammen mit dem Himmel dem Erdboden entgegengesenkt hatten.

Ihr Wagen stand nicht allein auf dem Parkplatz. Weiter vorn malten sich die Konturen eines Trucks ab. Fred hatte kurz mit dem Fahrer gesprochen, von dem er wusste, dass er sich hinlegen wollte. Für ihn war es wichtig, ungestört zu schlafen.

Etwas zögernd ging sie vor. An der rechten Hand trug sie den Eimer und merkte, dass ihr Arm zitterte. Sie konnte den Grund selbst nicht sagen, es lag bestimmt nicht an der Schwere des Abfalls. Das musste etwas anderes gewesen sein.

Bisher hatte sie sich auch nicht vor der Dunkelheit oder der Nacht gefürchtet, in diesem Fall aber kam sie ihr schrecklich vor. So anders, so dicht, als wäre sie mit etwas gefüllt worden, das einfach nicht in diese Welt passte, sondern sich aus einer anderen hervorgedrängt hatte, um einen Überfall zu starten.

Die schlimmen Gedanken erschreckten sie selbst. Nie zuvor hatte Ann ähnlich reagiert. Sie hatte auch nie dieses Gefühl einer kalten, klebrigen Furcht gespürt. Die Finsternis war völlig normal, für sie aber schien sie aus unzähligen Armen zu bestehen, die sich vom Wind treiben ließen, um sie zu umfangen.

Oder lag es am Mond?

Er stand wie ein kreisrundes, bleiches, volles, glotzendes Auge am Himmel.

Manchmal war er klar zu sehen, dann wiederum trieb der Wind dünne Wolkenschatten vor ihm her, sodass seine Klarheit zu zitternden Bändern zerfaserte.

Ihr kam es dann vor, als würde er sich bewegen und sie gleichzeitig auslachen.

Wieder erwischte sie der Wind. Da hatte sie sich bereits aus dem Schatten des Wohnmobils gelöst. Er kam als kalte Dusche, die über ihren Rücken fuhr.

Bis zur großen Abfalltonne waren es nur wenige Yards. Ann aber kam es vor, als würde sie meilenweit gehen, um das Ziel zu erreichen. Bei jedem Schritt musste sie sich überwinden. Der Schauer bedeckte auch ihre Arme, sie schaute sich ängstlich um. Mal nach rechts, dann nach links und auch nach vorn, wobei sie über die große Abfalltonne hinwegblickte. Danach begann ein Stück Wiese, die wiederum von einer dichten Baumgruppe begrenzt wurde.

Ann liebte die Natur. Sie wohnte ja selbst auf dem Land. Hier aber kamen ihr die Bäume wie Feinde vor, die sich aufgerichtet und ihre Arme ausgestreckt hatten.

Sie wollte sich beeilen, so schnell wie möglich sein. Den Abfall leeren und dann…

Neben der Tonne blieb sie stehen. Den Eimer hatte sie abgestellt. Wieder spielte der Wind mit dem Stoff ihres Jogginganzugs. Ann dachte daran, dass sie sich einfach zu deutlich mit ihrer hellen Kleidung in der Finsternis abhob.

Sie schaute schräg nach vorn.

Im Wohnmobil leuchtete vorn ein einsames Licht. Es war zum Greifen nahe, ihr aber kam es vor, als wäre es meilenweit entfernt, sogar Lichtjahre.

Der Kunststoffdeckel kippte um, und schlug mit seinem Griff gegen die Wand des großen Abfallkorbs. Das dabei entstehende Geräusch erschreckte die Frau, obwohl es sich überhaupt nicht laut anhörte. Ihre Nerven lagen eben blank.

Sekunden später hatte sie den Eimer entleert und atmete auf.

Auf einmal schwitzte sie sogar, obwohl es so kühl war. Es war die innerliche Furcht, die ihr den Schweiß auf die Stirn trieb und ihn zu einer kalten Schicht verdichtete.

Die Zweige des Unterholzes bewegten sich. Blätter zitterten im Wind und blitzten, wenn sie gedreht wurden, sodass ihre unteren Seiten nach oben lagen.

Die Welt um Ann herum war völlig normal, eine Nacht wie tausend andere auch.

Und trotzdem anders...

Das lag aber weniger an der Nacht als an ihr. Sie konnte damit nicht fertig werden. Es war wie ein Unglück über sie hinweggebraust, das sie nicht fassen konnte.

Geister der Nacht...

Daran hatte sie nie geglaubt, jetzt sah sie es anders. Vor allen Dingen bei Vollmond würden sie sich zeigen und lautlos ihre Verstecke verlassen, um den Menschen Angst und Panik zu bringen.

Du bist verrückt. Sie schalt sich eine Närrin. Du bist wirklich verrückt, Ann.

Entschlossen umklammerte sie den Tragering des Abfalleimers und hob das Gefäß wieder an.

Sie wollte zurück, die Tür verrammeln, sich in die Insel zurückziehen, dort warten, bis es hell wurde, dann weiterfahren, und sie suchte besonders den Schutz ihres Mannes.

Fred würde die Dinge anders sehen, ganz anders...

Nach drei Schritten blieb sie stehen. Es war kein abruptes Unterbrechen der Bewegungen, ihre Schritte liefen einfach normal aus, weil sie etwas gehört hatte.

Es klang völlig normal, es passte auch hierher, dennoch hatte es in dieser Minute etwas Bedrohliches an sich, wobei Ann überhaupt keine Erklärung wusste.

Ein Wagen hatte den Motorway verlassen, war in den schmalen, schneisenartigen Weg abgebogen, und der

Fahrer löschte genau in dem Augenblick das Licht, als sein Auto auf den Parkplatz fuhr.

Ann sah, wie die helle Wand der beiden Scheinwerfer regelrecht zusammenfiel und das Fahrzeug in tiefe Dunkelheit tauchte.

Schluss...

Der Wagen blieb am Rand stehen. Er rollte auch nicht näher, sondern hatte im Scheitelpunkt dieser leichten Kurve angehalten, ohne dass die Türen aufgestoßen wurden, um den Fahrer oder Beifahrer zu entlassen. Da bewegte sich nichts.

Ann schaute hin.

Auch wenn die Scheinwerfer verloschen waren, ging sie davon aus, dass sie gesehen worden war.

Und sie schaute ebenfalls.

Es ist nur ein normales Auto, sagte sie sich, nur ein normales Auto. Nichts Besonderes, wirklich nichts...

War es das denn?

Das Zittern überfiel sie plötzlich. Den Grund konnte sie nicht sofort nennen, sie schob diese Reaktion einzig und allein auf das Vorhandensein des neuen Fahrzeugs.

Es flößte ihr Furcht ein...

Für sie war ein Auto stets ein Gegenstand, der allein zur bequemen Fortbewegung diente. Sie sah es nicht als ein Prestigeobjekt an, sie stand ihm neutral gegenüber.

Jetzt nicht...

Der Wagen strahlte etwas aus. Ann konnte nicht genau sagen, was sie daran störte, sie hätte es nicht in Worte fassen können, aber irgendwie hatte er etwas Schreckliches an sich, was so gar nicht dem entsprach, was normalerweise von einem Fahrzeug ausging.

Sie fühlte sich bedroht!

Das genau war es. Allein das Vorhandensein des Fahrzeugs sah sie als eine Bedrohung an. Wieder rann ein kalter Schauer über ihren Rücken, und sie hatte das Gefühl, als wäre alles gegen sie verschworen, sogar der Himmel, der ihr so mächtig wie eine dunkle Steinwand vorkam, die sich jeden Augenblick herabsenken und sie erdrücken konnte.

Warum stieg niemand aus?

Warum zündete sich keiner eine Zigarette an?

Sie hätte diesen Vorgang als eine Entwarnung ihrer Nerven angesehen, weil er eben so normal war.

Das alles geschah nicht.

Auch die vordere Scheibe war dunkel. Sie hob sich kaum von der schwarzen Kühlerhaube ab. Wer auch immer in diesem Fahrzeug saß, er führte nichts Gutes im Schilde.

Dieser Rastplatz gefiel ihr nicht mehr. Sie wollte ihn verlassen, sie würde hier keine Nacht verbringen, auch wenn es eben die Nacht der Silberhochzeit war.

Verschwinden, sich einen anderen Platz suchen. Schließlich waren sie und ihr Mann mobil.

Ann Morland schaffte es, sich wieder in Bewegung zu setzen. Dabei kam es ihr vor, als hätte sie Stunden auf dem Fleck gestanden und gegen den fremden Wagen gestarrt.

Als sie die Tür erreichte, floss ihr Atem als Keuchen gegen die Außenwand des Fahrzeugs. Von innen hörte sie nichts. Für die Dauer einer fürchterlich langen Sekunde hatte sie das Gefühl, als wäre ihrem Mann etwas passiert, was im Prinzip Unsinn war, denn das hätte sie trotz ihrer Angst einfach mitbekommen müssen.

Ann öffnete. Sie bewegte sich zu hastig, und der Eimer schepperte noch über die seitliche Verkleidung.

»Ah, da bist du ja…«

Ann hörte die vertraute Stimme ihres Mannes. Sie hätte jetzt eigentlich beruhigt sein müssen, aber sie war es nicht, zu stark hafteten die Eindrücke der letzten Minuten noch an ihr. Hastig schloss sie die Tür und brachte den kleinen Eimer in die ebenfalls kleine Einbauküche, die alles enthielt, was man brauchte.

Sie stellte ihn weg. Wieder zitterte sie. War das normal? Reagiere ich überreizt?

Fred kam. Sie hörte seine Schritte. Normal klangen sie, keineswegs zitternd oder nervös.

Ann richtete sich auf. Gleichzeitig strichen Freds Hände über ihre Hüften. Er merkte, dass sie zitterte, hauchte ihr einen Kuss auf die Wange und lachte warm.

»Was ist denn los mit dir?«

Ann holte tief Luft. Jetzt musste sie eine Antwort geben. Jetzt konnte sie ihm sagen, was sie erlebt hatte und wie die Furcht über sie gekommen war. Jetzt war der richtige Zeitpunkt…

»Du bist so kalt und zitterst. Was hast du?«

Ann senkte den Kopf. »Ich weiß es nicht, Fred. Ich – ich weiß es einfach nicht.«

Ohne dass sie etwas dazugetan hätte, fasste er fester zu und drehte sie herum.

Sie schaute in sein Gesicht.

Es hatte sich im Vergleich zu den vergangenen fünfundzwanzig Jahren nicht viel verändert. Okay, Fred war älter geworden, wie jeder älter wurde, der nicht gerade jung starb. Die Jahre hatten Linien in seine Haut gezeichnet, der Bart war grau geworden. Die kleinen Lachfältchen, die Ann schon so gemocht hatte, als sich beide kennen lernten, waren größer geworden.

Sie fiel plötzlich in die Arme ihres Mannes und weinte, ohne dass sie es eigentlich wollte.

»He, he, meine kleine Ann. Himmel, was ist denn passiert? Du darfst doch nicht weinen, du...«

Sie weinte weiter. Es tat gut, den Widerstand ihres Mannes zu spüren. Fred gehörte zu den Menschen, die immer Rat wussten, die ihr sagen konnten, wo es langging. Er machte Nägel mit Köpfen, er würde sie auch verstehen, weil er sich immer gut in die Psyche anderer Menschen hineinversetzen konnte. Das sagten jedenfalls viele Freunde.

»Willst du mir nicht sagen, was...?«

»Bitte, Fred, lass uns fahren!« Urplötzlich hatte sie die Barriere durchbrochen. Es war aus ihr herausgeströmt wie ein starker Fluss. Sie – sie musste es tun.

Fred Morland war überrascht. Er schüttelte zunächst den Kopf, was seine Frau nicht sehen konnte, dann räusperte er sich, hielt Ann nach wie vor umfangen, spürte sehr genau, wie sie zitterte und bebte, und merkte natürlich, dass diese Worte nicht so einfach dahingesagt, sondern sehr echt und ehrlich gemeint waren.

»Fahren willst du?«

Sie nickte heftig und schabte dabei mit der Stirn über Freds dünnes Polohemd.

»Aber warum?«

»Ich habe Angst!«

»Vor mir?«

Er hatte es im Scherz gemeint, und beinahe hätte sie noch gelacht, aber sie verbiss sich diese Reaktion. »Nein, nicht vor dir, aber vor dem – dem Wagen.«

Fred überlegte. Er konnte es kaum fassen. Ann war sonst nicht so. Weshalb hatte sie plötzlich vor dem Wohnmobil Angst. Klar, es war ihre erste Reise damit, aber doch nicht die erste Nacht, die sie in der rollenden Wohnung verbrachten.

Da musste etwas anderes dahinter stecken.

»Bitte, Ann«, sagte er leise, »wir sind hier sicher, glaube es mir. Wir sind...«

»Ich meine nicht unseren Wagen.«

Er lachte auf. »Das ist beruhigend. Ich hatte schon Angst gehabt, das Falsche getan zu haben.«

»Es ist der andere...«

»Der Truck?«

»Nein, der Neue!«

Fred sagte nichts. Er überlegte und kam zu dem Schluss, dass er von einem neuen Wagen nichts gehört und nichts gesehen hatte. »Tut mir Leid, Ann, dass ich dir da nicht folgen kann, aber welchen Wagen meinst du denn?«

Sie schob ihn aus dem kleinen Viereck der Küche und drückte sich an ihm vorbei. Ann wollte dorthin, wo die Lampe über dem kleinen Tisch brannte. Der Schein verteilte sich warm auf der Tischplatte und brach sich blitzend im Glas der beiden Champagnergläser sowie im Metall des mit Eis gefüllten Sektkühlers, aus dem der Hals einer Flasche hervorschaute, der von einem weißen Tuch umhängt war.

Sogar eine weiße Decke hatte Fred ausgebreitet. Sie hatten sich hinsetzen und die letzten fünfundzwanzig Jahre noch einmal Revue passieren lassen wollen. Es wäre sicherlich wunderschön gewesen, aber dieser verfluchte Wagen hatte die Stimmung zerstört.

Ann hörte Freds Schritte, als er näher kam, neben dem Tisch stehen blieb und seine gespreizten Hände auf die Decke stemmte. Mit gerunzelter Stirn und hochgeschobenen Augenbrauen schaute er seine Frau an, die sich verlegen vorkam wie ein kleines Mädchen und sich sagte, dass sicherlich alles Unsinn und Einbildung war, aber nicht über ihren eigenen Schatten springen konnte, weil die Erlebnisse noch zu stark nachwirkten.

Er sah die Gänsehaut auf ihrem Gesicht, und ein besorgter Ausdruck trat in Freds Augen. »Ann, was ist mit dir geschehen?«

»Ich – ich weiß es selbst nicht. Tut mir Leid, dass ich dir die Stimmung verderbe, aber dieser Wagen hat mir eine schreckliche Furcht eingeflößt. Glaub es mir.«

Fred Morland überlegte. »Setz dich, bitte.«

»Nein, das kann ich nicht.«

»Bitte.«

Sie schauten sich über den Tisch hinweg an. Da beide gebeugt zueinander standen, waren ihre Gesichter ganz nah. Ann flüsterte ihre Bitte. »Lass uns von hier wegfahren, Fred.«

Er schwieg. Mit der flachen Hand strich er über seine Stirn. Dann schaute er zur Seite. »Gut, wir können fahren, aber ist tatsächlich nur dieser Wagen daran schuld?«

»Ja.«

»Ich kann ihn mir anschauen.«

Blitzschnell stieß ihr Arm vor, und sehr hart umklammerte sie Freds Ellbogen. »Nein, tu das nicht, Fred. Ich bitte dich, bleib hier. Nicht nach draußen gehen.«

Fred konnte es nicht fassen. »Weshalb soll ich das nicht tun? Glaubst du, dass draußen Monster lauern, die uns ans Leben wollen? So hörst du dich an.«

Ann schaute gegen den Wagenhimmel. Ihr Gesicht war bleich geworden. »Monster?«, echote sie mit Flüsterstimme, bevor sie nickte. »Ja, vielleicht hast du Recht. Vielleicht sind es Monster.«

Fred deutete gegen die Wand. »Da draußen sollen Monster lauern?«, fragte er.

»Kann sein.«

»Und wo?«

»Im Wagen.«

Er schüttelte den Kopf. »Bitte, Ann, alles, was recht ist, aber das glaube ich nicht. Das ist doch Unsinn. Nein, das bildest du dir ein. Wir haben Vollmond, das stimmt. Kann es nicht sein, dass sich die Kraft des Mondes bei dir niederschlägt? Dass seine Strahlen dich dermaßen beeinflussen und deine Reaktionen überspannen?«

Ann schaute ihre Mann an. Es vergingen einige Sekunden. Sie dachte nach, sie wollte ihm etwas erklären, aber sie brachte nur einen Satz über die Lippen. »Du – du glaubst mir nicht…«

»Stimmt.«

Ann war über die Antwort enttäuscht. Sie ließ sich leicht zurückfallen und lehnte sich gegen die Wand. »Das hätte ich nicht gedacht!«, hauchte sie. »Das hätte ich von dir nicht gedacht…«

»Aber du kannst doch einen fremden Wagen, der hier parkt, nicht einfach als eine Gefahr ansehen.«

»Doch, das kann ich.«

»Und weshalb?«

»Es stieg niemand aus. Die Scheinwerfer verloschen, der Wagen stand in der Dunkelheit, und ich kam mir vor, als würden mich Mörderaugen beobachten.«

»Einfach so? Ohne Grund?«

»Das war für mich Grund genug.«

Fred Morland schüttelte den Kopf. Er rang nach Worten und hatte Mühe, die Richtigen zu finden, denn er wollte seine Frau nicht vor den Kopf stoßen. »Wenn du darauf bestehst, Ann, werden wir natürlich fahren. Ich brauche dich nur anzuschauen, um zu wissen, was mit dir los ist. Du stehst unter Stress, unter Druck, denn dich muss etwas ungemein beeinflusst haben…«

»Nicht beeinflusst, Fred. Es hat mir den kalten Schrekken eingejagt. Die reinste Panik ist über mich hinweggeflogen. Es war einfach nicht zu fassen, unglaublich.«

Er nickte. »Nur der Wagen?«

»Ja.«

»Was war denn so schlimm daran?«

Ihre Antwort kam gequält. »Ich weiß es doch nicht, Fred. Ich kann es dir wirklich nicht sagen. Es ist einfach grauenhaft. Verlange nicht, dass ich dir eine konkrete Antwort gebe, denn ich kenne keine. Für mich jedenfalls war es schlimm. Ich hatte das Gefühl, als wäre etwas unterwegs zu uns, das wir nicht stoppen können.«

Er schielte seine Frau an. »Was denn?«

»Wenn ich dir das sagen könnte, wäre mir vielleicht wohler. Ich habe auch versucht, eine Erklärung zu finden, und manchmal kommt es mir vor, als wäre in dieser Nacht mein Unterbewusstsein besonders stark ausgebildet. Ich kann Dinge fühlen, die ich sonst nicht einmal bemerkt habe. Es ist wie ein Sender, der mich beeinflusst. Ich weiß genau, dass wir in einer großen Gefahr schweben.«

»Was sollten Gangster hier holen?«, versuchte Fred abzuwiegeln. »Nichts, kaum etwas.«

Anns Antwort kam spontan. »Es sind keine Gangster, die dort draußen lauern!«

»Nicht? Was dann?«

Ann bewegte seine Hände. Sie vermied es, aus dem Fenster zu schauen. »Ich kann es dir nicht sagen, Fred. Ich kann es wirklich nicht. Es ist etwas anderes. Eine Bedrohung, wie sie schlimmer nicht sein kann, die sich einfach nicht in Worte fassen lässt. Ich hatte das Gefühl, als würde sie aus einer anderen Welt stammen, als wäre da etwas Fremdes, Böses hervorgekrochen, das nicht zu uns passt.«

Fred Morland hatte sehr genau zugehört. Er hütete sich davor, nur ein Lächeln zu zeigen. Seine Frau hatte mit einem derartigen Ernst gesprochen, dass ihm das Lächeln vergangen wäre. Und er musste sich eingestehen, dass ihm die Worte ebenfalls so etwas wie einen Schauer über den Rücken jagten.

»Ja«, sagte er, »wenn das so ist…«

»Fahren wir weiter?«

»Ich werde nachschauen!«

Drei Worte, ein Satz. Aber auch ein Satz, der den Schrecken wie Eis durch die Adern der Frau schießen ließ, sodass sie vor ihrem Mann stand und erstarrt war.

Sie rührte sich nicht, sie stierte ihn an, nur die Augenlider zuckten.

»Nein – nicht…«

Fred hob die Schultern. »Warum nicht? Ich werde die Taschenlampe nehmen und mich auf den Weg machen. Das ist doch nicht verboten – oder wie sehe ich das?«

»Nein, es ist nicht verboten!«

»Aber?«

Sie huschte an ihm vorbei. Genau drei Schritte benötigte sie, um die Tür zu erreichen. Dort blieb sie stehen, legte den Kopf zur Seite und lauschte.

»Was ist denn?«

Ann streckte Fred den Arm entgegen. »Ich – ich – höre Schritte…«

»Unsinn!«

»Doch, Fred, doch!«

Der Klang ihrer Stimme flößte ihm Furcht ein. Plötzlich hatte sich auch für ihn die Lage verändert. Alles war anders geworden. Er war von der Besorgnis seiner Frau gepackt worden. Das Wohnmobil, so breit es auch war, zog sich plötzlich zusammen. Die Wände wuchsen aufeinander zu, die Schatten verdichteten sich, die Stille verwandelte sich in einen schwammigen Sumpf der Angst.

Er hörte die Schritte auch.

Wer immer da draußen vorbeigehen mochte, er sorgte nicht dafür, dass er leise ging. Er ging normal, und er kam tatsächlich auf den Wagen der Morlands zu.

»Ist das normal?«, wisperte Ann.

»Nein – nicht…«

»Wir müssen weg, wir…« Ann stoppte mitten im Satz. Sie stand da, ohne sich zu rühren, und trotzdem bewegte sie sich, ebenso wie ihr Mann.

Das lag an den Kräften, die sie nicht beeinflussen konnten, weil an der Außenhaut des Wohnmobils gerüttelt wurde. So stark, dass der gesamte Wagen ins Schwanken geriet.

Beide starrten sich an.

»Wer – was ist das, Fred?«

»Weiß nicht…« Auch er war bleich geworden. Auf seinem Gesicht glänzte der Schweiß in Tropfen.

Dann hörten sie noch etwas.

Nicht sehr laut, eher verhalten, aber einen Klang, der wie eine Sirene des Grauens an ihre Ohren drang.

Es war ein schreckliches Heulen…

*

Wir fuhren und wussten nicht, ob wir das Richtige getan hatten. Obwohl wir uns nicht abgesprochen hatten, waren wir beide derselben Meinung, denn Suko fing damit an.

»Ich weiß nicht«, sagte er, »aber ich habe den Eindruck, als wollte man uns in die Irre laufen lassen.«

»Wie kommst du darauf?«

»Ich weiß es nicht.«

Da wir London auf dem kürzesten Weg erreichen wollten, mussten wir den Motorway nehmen, obwohl wir uns nicht weit von dieser Metropole entfernt befanden, aber das Gebiet gehörte rechtmäßig nicht mehr zu Englands Hauptstadt.

Wir rollten einige Meilen in Richtung Norden. Die Nacht wurde immer klarer. Da ich fuhr und mich auf die Straße konzentrieren musste, konnte Suko den Himmel beobachten und somit auch das Spiel der Wolken, die so aussahen, als würden sie flüchten, wobei eine es nicht schaffte, die andere einzuholen.

Durch die Lücken schien der Mond alles zu beobachten.

Wir hingen unseren Gedanken nach und möglicherweise auch den Kopfschmerzen.

Weder Suko noch ich waren davor gefeit, die Schläge hatten Wirkung gezeigt.

Dennoch war der andere Druck stärker.

Wir konnten ihn nicht beschreiben, er war einfach da, vielleicht war es ein Wissen, möglicherweise auch die Furcht vor der Zukunft, da kam einiges zusammen.

»Es gefällt mir nicht«, murmelte ich.

»Stimmt.«

Ich blieb auf der linken Seite und steigerte das Tempo nicht. »Weshalb widersprichst du mir nicht?«

»Sollte ich das denn?«

Ich schaute Suko kurz an. »Wir tappen beide im Dunkeln. Wir wissen, dass etwas vorgefallen ist, aber wir kommen nicht weiter.«

»Und was ist vorgefallen?«

»Dass ich in eine Achterbahn gelockt werde, ein Mann mit weißem Bart zu mir steigt, seinen Namen nicht einmal nennt und mich auf die Spur einer gewissen Nora Shane bringt, die angeblich seine Tochter sein soll, es aber nicht ist, weil ihr Vater schon unter der Erde liegt. Dennoch höre ich bei Nora Shane etwas von einem Vater, den sie angeblich gehabt hat, vor langer, langer Zeit. In Atlantis, das von einer Flutwelle zerstört wurde. Noras zweiter Vater muss etwas gewusst oder geahnt haben, denn er hat ihr einiges an Büchern hinterlassen. Unter anderem ein Buch, das nur eine Attrappe ist, auf dessen Buchdeckel ich aber die Fratze eines Dämons sah mit dem Namen Semerias. Aber Semerias war nicht der Fremde, der zu mir in die Achterbahn stieg, das ist eine dritte Person, ein Mittler. Jedenfalls ist die Buch-Attrappe nicht harmlos gewesen. Sie hat Nora beeinflusst, sie drehte plötzlich durch. Ich sah den Schatten eines Wolfsgesichts vor dem ihren und hörte dann, als sie wieder normal war, etwas von den alten Ruinen, zu denen wir dann gefahren sind. Dort erwischte mich der Blackout, und ich erwachte, weil ich ein schreckliches Heulen hörte. Ein Ton, wie ihn nur Werwölfe ausstoßen.«

»Dann ist Nora dazu geworden, John.«

»Richtig. Wie auch Krystos.«

Mit ihm und seinem Sohn Sing hatte Suko zu tun gehabt und erfahren, dass die Familie schon einmal in Atlantis gelebt haben musste und ebenfalls wiedergeboren war. Jetzt aber waren sie von ihrer unseligen Vergangenheit ebenso eingeholt worden wie Nora Shane.

Uns war es leider nicht gelungen, genaue Motive zu finden. Jedenfalls musste dieser Semerias sehr schlimm gewesen sein, sonst wäre nicht Kara, die Schöne aus dem Totenreich, erschienen, um Suko vor dieser Gestalt zu warnen.

Ferner war es mir ein Rätsel, was sich innerhalb der Buch-Attrappe befunden hatte. Vielleicht ein Siegel oder ein Stein, jedenfalls war alles möglich.

»Werden wir an der Nase herumgeführt?«, fragte Suko.

»Das Gefühl habe ich mittlerweile auch.«

Suko schaute für einen Moment gegen die Frontscheibe. Insekten wirbelten heran, zauberten für wenige Augenblicke tanzende Schatten, bevor sie gegen das Glas klatschten und als Schmier zurückblieben. »Bleibt es dabei, dass du zu Nora fährst und ich mich auf dem Jahrmarkt umsehe?«

Suko erwartete bestimmt eine Antwort, er erhielt sie zunächst nicht, denn ich war mir selbst nicht im Klaren darüber, ob ich den Plan einhalten wollte.

»Was geht dir durch den Kopf?«

»Noch nicht viel.«

»Klar, bei dem Inhalt.«

»Denk an das Glashaus, in dem du sitzt. Dort sollte nicht mit Steinen geworfen werden.«

»Ich doch nicht.«

Ich ließ Wischwasser gegen die Scheibe spritzen und schaltete die Wischer ein. Sie waren noch so gut wie neu und kratzten den Insektendreck ab. »Es ist schlecht zu erklären, Suko, aber ich habe mittlerweile das Gefühl, genau das Falsche zu tun.«

»Wie schön.«

»Darüber kann ich nicht lachen.«

»Ich auch nicht. Aber ich komme nicht zurecht, zum Henker! Ich kriege das nicht in die Reihe…«

Mein Freund kannte mich sehr gut. »Hör zu, John, das sagst du nicht einfach so. Wie ich dich kenne, hast du einen guten Grund, so zögerlich zu reagieren.«

»Stimmt.«

»Dann raus damit!«

Ich blieb auf der langsamen Spur. »Es ist mein Kreuz. Eigentlich hätte es sich abkühlen müssen, weil wir der anderen Magie aus dem Weg gegangen sind. Das ist nicht der Fall gewesen, eine leichte Erwärmung des Kreuzes ist geblieben.«

Für eine Weile war er ruhig. »Wie leicht oder wie schwer?«

»Schon merkbar.«

»Wurde es stärker?«

Ich nickte. »In den letzten Minuten. Das Kreuz reagierte ja auch, als ich mir diesen komischen Buchdeckel näher betrachtete. Es passt zusammen, Suko.«

»Dann sind wir auf der richtigen Spur.«

»Das hoffe ich.«

Suko blickte mich nicht an, dafür nach draußen, wo das Gelände als düstere Schattenwelt vorbeihuschte.

Zumeist sehr niedrige Gewächse, Buschwerk, Gestrüpp, mal ein Stück flacher Böschung, dann wieder weite Wiesen mit dunklen Flecken darauf, die aussahen wie kugelförmige Ausbuchtungen, wenn mehrere Bäume zusammenstanden.

»Suchst du nach etwas Bestimmtem?«, fragte ich.

»Ja, nach Parkplätzen.«

Ich pfiff durch die Zähne. »Keine schlechte Idee. Hätte direkt von mir sein können.«

»Dann rechnest du auch damit, dass sie möglicherweise auf einem Parkplatz angehalten haben?«

»Unter Umständen. Es ist auch möglich, dass wir ihnen immer näher kommen. Ich warte ja darauf, welche Fahrzeuge wir überholen.«

»Frag mich mal.«

Ich gab Gas. Die nächsten beiden Minuten vergingen schweigend. Wir überholten auch, doch mit Trucks waren unsere »Freunde« wohl nicht verschwunden.

Ich konzentrierte mich auch auf mein Kreuz. Bisher hatte die Wärme angehalten, jetzt aber stellte ich fest, dass sie nachließ. Kein gutes Zeichen, und plötzlich war es kalt.

Ich hatte Suko nichts gesagt, er wunderte sich allerdings darüber, dass ich langsamer fuhr und brauchte die Frage nicht zu stellen, denn ich blinkte bereits, um in die nächste Abfahrtsspur einzubiegen.

»Du hast sie verloren?«

»Leider, das Kreuz ist kalt.«

»Und jetzt?«

»Zurück, dann wieder ab, danach wieder drauf. Ist

doch ganz einfach, oder?«, fragte ich verbissen, weil ich mich über das verdammte Missgeschick ärgerte.

»Viel Spaß.«

Ich war nicht so locker wie Suko. Es hing ja nicht nur mit der Erwärmung des Kreuzes zusammen, es ging auch um etwas anderes. Ich wurde den Eindruck nicht los, dass die Zeit drängte. Sie saß mir besonders im Nakken, und irgendwie peitschte sie mich voran.

Wir rollten auf einer normalen Straße dahin. Noch hatte ich nichts gespürt, urplötzlich aber war die Erwärmung wieder da. Sie strahlte jetzt derartig stark ab, dass sie sich auf meiner gesamten Brust ausbreitete und fast bis zu den Achselhöhlen reichte.

Ich musste wieder auf die Bahn.

Suko hatte an meinem Gesicht abgelesen, dass es Zeit für die Umkehr war. »Da ist die Auffahrt.«

Ich gab Gas. Bei diesem Tempo quietschten sogar die Reifen. Hart radierten sie über den Asphalt. Mir kam es vor, als würden wir immer tiefer hineinstoßen in eine stockdunkle, unheimliche Welt, in der sich die Perspektiven zusammenzogen, sich verdichteten, sodass sie schon zu einem engen Schlauch geworden waren, der von mehreren Seiten immer weiter in unsere Richtung drückte.

Schilder erschienen wie starre Geister. Sie tauchten im fahlen Licht für einen Moment auf, waren dann weg, als hätte sie jemand einfach umgepustet.

Ein Truck donnerte vorbei. In das dumpfe Röhren des Motors mischte sich das Singen der Reifen. Dann war der Koloss vorbei, und seine Rückleuchten verglühten wie zersprühende Blutstropfen in der finsteren Nacht.

Wieder auf der Bahn.

Diesmal schneller und auch noch konzentrierter, denn das Brennen verstärkte sich.

»Und?«, fragte Suko.

»Halt mal nach einem Parkplatz Ausschau.«

»Mach ich doch glatt!«

Wieder verstrichen die Sekunden. Ich hörte das Singen der Reifen, hatte, da kein Gegenverkehr herrschte, das Fernlicht eingeschaltet.

Das Schild sahen wir zugleich.

»Na denn«, sagte Suko und nickte mir zu.

Ich lenkte den Wagen auf die Abbiegespur. Noch einmal konzentrierte ich mich auf die Wärme, die das Kreuz abstrahlte.

Okay, sie blieb gleich, wurde nicht stärker und auch nicht schwächer. Sollten wir tatsächlich Glück haben?

Als ich zum Parkplatz abbog, schaltete ich die Scheinwerfer aus.

Im Dunkeln rollten wir den letzten Rest der Strecke. Es konnte auch eine Fahrt in den Vorhof der Hölle werden…

*

Weder Ann noch Fred schafften es, sich zu bewegen. Sie standen da, als hätte man sie angenagelt, und sie lauschten einzig und allein dem Heulton.

War es ein Mensch oder ein Tier?

Aber welcher Mensch war überhaupt in der Lage, einen derartigen Ton zu erzeugen. Hätte man die beiden danach gefragt, sie hätten keine Antwort geben können.

Er blieb.

Er war nicht sehr laut, und sie hatten beide den Eindruck, als wäre er nur für sie bestimmt.

Dann brach er ab.

Sehr schnell und fast überraschend für sie, sodass sie beinahe schon enttäuscht waren.

Dafür vernahmen sie ein anderes Geräusch. Der Heulton war an der rechten Seite des Wohnmobils aufgeklungen, der andere Laut entstand an der linken.

Das war kein Heulen, auch kein Schrei, da entstand etwas völlig anderes.

Düster, unheimlich und drohend erreichte sie das Fauchen, vermischt mit Knurrlauten.

»Das ist er!«, flüsterte Ann Morland und umklammerte den Arm ihres Mannes. »Das ist der Teufel…«

Er hatte eine scharfe Erwiderung auf der Zunge, ließ es jedoch bleiben, denn dieses Fauchen hörte sich in der Tat furchtbar an. Es war mit nichts zu erklären, sie hatten so etwas noch nie gehört, selbst bei einem Hund oder einer Katze nicht.

Es hatte Ähnlichkeit mit beiden Lauten und war trotzdem anders. Sie brachten es einfach nicht in die Reihe.

Fred strich über seinen Nacken, als könnte er dort den Schweißfilm abwischen. Da war nichts, die Hand glitt nur über raue Haut hinweg. Sein Herz schlug heftiger, wenn auch nicht so stark wie nach dem ersten Heulen.

Er warf einen Blick auf seine Frau.

Ann gehörte nicht eben zu den großen Personen. Jetzt war sie noch kleiner geworden. Auf ihrem Gesicht lag die Haut so dünn wie weißes Papier. Wenn sie atmete, dann stoßweise durch die Nase.

In den folgenden Sekunden blieb es still, und auch Fred Morland stieß die Luft aus. Er konnte nicht sagen, dass er sich wohler fühlte, doch er musste seiner Frau Recht geben. Sie hatte sich nicht geirrt. Da war etwas Schreckliches auf den Parkplatz gefahren. Etwas, das in einem Fahrzeug gesessen hatte und sich trotzdem so benahm, als wäre es ein Tier oder ein Monster gewesen.

Ann fand die Sprache als Erste wieder. »Was – was machen wir jetzt?«, hauchte sie.

»Wir müssen weg.«

Sie sah aus, als wollte sie lachen, aber sie überlegte es sich. »Und – und wie?«

Fred deutete mit dem Daumen über seine Schulter dorthin, wo sich Fahrer und Beifahrersitz befanden.

»Du willst abfahren?«

»Was sonst?«

Sie nickte.

Fred bewegte sich. Er ließ seine Frau stehen, die sich mit dem Rücken gegen die Wand gedrückt hatte. Auch ihm ging es verdammt schlecht. Er fühlte sich so wie von unsichtbaren Armen umklammert, die alles in ihm zusammendrückten und ihn sogar daran hindern wollten, normal zu atmen. Sie hatten vorgehabt, ihre Silberhochzeit zu zweit zu feiern, sich ein paar herrliche Tage zu machen, und er verfluchte den Umstand, dass sie in einem Wohnmobil auf einem einsam gelegenen Parkplatz festhingen und sich nicht für ein Hotel entschieden hatten.

Er ging leise, schleichend. Trotzdem überkam ihn der Eindruck, als würde das Wesen, das da draußen lauerte, jeden seiner Schritte verfolgen. Als könnte es durch die Wand des Wagens schauen und würde sich über seine Angst amüsieren.

Oder waren es zwei Wesen?

Die Fenster des Wohnmobils waren sehr klein. In die Wände geschnittene Rechtecke, mehr nicht. Er konnte nicht nach draußen schauen, weil er sie verhängt hatte, da er nicht wollte, dass andere Personen hereinschauten und sie beobachteten.

Aber die Frontscheibe lag frei. Durch sie konnte er nach vorn blicken, in die Dunkelheit hinein, die über dem Parkplatz lag. Das heißt, so finster war es nicht, denn hin und wieder fand der Mond Platz genug, um sein Licht durch die Wolkenlücken zu schieben und die Erde zu beleuchten.

Er sah hinaus, und er entdeckte auch den mächtigen Truck, der weiter vor ihnen parkte.

Es gab hier keine Laternen. Der Parkplatz war nicht mehr als eine dunkle Insel nahe der Autobahn. Wie sehr hätte er sich Licht herbeigewünscht, obwohl er sich selbst nicht traute, die Scheinwerfer anzuschalten. Er hatte einfach Angst davor.

Nichts geschah.

Die folgenden Sekunden vergingen quälend langsam. Und Fred hörte die wispernde Stimme seiner Frau, die irgendwo aus den Schatten hinter ihnen kam.

»Willst du doch weg?«

»Ich muss es versuchen.«

»Und die...«

Heftig winkte er ab. Fred wollte nicht, dass seine Frau sprach, auch wenn sie leise redete. Schließlich konnten sie nicht wissen, wie gut der Feind draußen hörte.

Fred Morland gehörte nicht zu den Menschen, die sich als Kämpfer bezeichneten. Er war kein Mann der Waffen. So etwas kannte er höchstens aus dem Kino oder vom Fernsehen. Dass die Wirklichkeit ihn einmal überrollen würde, damit hätte er nie im Leben gerechnet, und er blieb hinter dem Fahrersitz stehen, wobei er sich mit beiden Händen auf dessen Rückenlehne abstützte.

Dann schaute er hinaus.

Der Beton sah hellgrau aus. Er hob sich von der Dunkelheit ab. Wenn er nach links aus dem Fenster sah, erinnerte ihn der Buschstreifen an eine düstere Mauer, die bewusst angepflanzt worden war, damit sich das Böse verstecken konnte.

Und draußen lauerte das Böse.

»Fred!« Sein Name klang wie ein Zischen, als Ann ihn ansprach. »Mein Gott, Fred.«

Er drehte sich um. »Was ist denn?«

Ann kam einen Schritt vor und verließ so die finstere Ecke des Wohnmobils. »Ich – ich habe etwas gehört, Fred.«

Er bewegte unwillig den Kopf, weil er nicht gestört werden wollte. Er hatte diese furchtbaren Geräusche bereits aus seinem Gedächtnis verbannt, fragte trotzdem noch einmal nach. »Was denn?«

»Ein – ein Schaben.«

Der Mann bewegte den Kopf.

»Ja«, erklärte Ann flüsternd. »Das war ein Schaben oder leichtes Kratzen. Wirklich...«

»Wo denn?«

»Außen am Wagen.« Sie rang krampfhaft nach Luft. »Verdammt, Fred, sie sind noch da!«

Der Mann schluckte. »Ich weiß.«

»Wir sind hier nicht sicher.«

Fred winkte ab. »Noch haben sie uns nichts getan. Behalte um Himmels willen die Nerven.«

»Das versuche ich ja.«

Fred Morland nickte Ann zu. Er wollte um den Sitz herumgehen, damit er Platz nehmen konnte, aber dazu kam es nicht mehr, denn wer immer draußen lauerte, er hatte sich vorgenommen, die Folter noch zu steigern. Und er musste mit Kräften ausgerüstet sein, die denen eines normalen Menschen überlegen waren.

Plötzlich bewegte sich das Wohnmobil!

Es schwang von einer Seite zur anderen, aber nicht nach vorn und wieder nach hinten, sondern seitlich, als wollte es irgendwann auf die eine oder andere Seite kippen.

Beide Morlands mussten sich vorkommen, als säßen sie bei starkem Seegang in einem Boot.

Das Schaukeln selbst war nicht besonders schlimm. Für die Morlands aber war die Tatsache, dass sie es nicht beeinflussen konnten, einfach fürchterlich.

Sie kamen plötzlich nicht mehr zurecht, das Schaukeln verstärkte sich, und hatte der Wagen zu Beginn der

Schaukelei noch auf seinen Rädern gestanden, so war dies nicht mehr der Fall.

Einmal nach links, dann wieder nach rechts. Und vor jedem Wechsel setzte das schwere Wohnmobil einmal auf, wobei es dann in seinen Grundfesten erzitterte.

Auch wenn die meisten Gegenstände in dem Wagen festgeschraubt waren, so meldete sich jetzt das bewegliche Gepäck. In den Schränken hatte Ann das Geschirr verstaut. Tassen und Teller standen so, dass sie von einer unteren Leiste gehalten wurden und im Normalfall nicht kippen konnten.

Sie kippten auch jetzt nicht, zudem waren die Türen durch die Magnethaftung verschlossen, aber sie bewegten sich im selben Rhythmus innerhalb der Schränke, stießen klirrend und klappernd gegeneinander, sodass der Eindruck aufkam, ein Poltergeist hätte von dem Wohnmobil Besitz ergriffen.

Ann Morland stand da und wusste nicht, wo sie hinschauen sollte. Sie blickte sich nur um, und ihre Augen waren nicht mehr als blasse Kugeln, die in Furcht schwammen.

An zwei Seiten war das Geschirr verstaut. Links die Kaffeegedecke, rechts die Essteller.

Und beide klapperten um die Wette.

Lauter, immer lauter, je mehr der Wagen schwankte. Auch Fred Morland war geschockt. Er merkte kaum, dass er sich mit beiden Händen an der Rückenlehne festklammerte. Sein Gesicht sah aus, als hätte er frisch gebadet, so blank lag der Schweiß auf Stirn und Wangen.

Die Augen brannten, er schluckte, und sein Adamsapfel tanzte hektisch auf und nieder.

War das Schaukeln schon schlimm genug, so empfand er die Tatsache, dass er die Personen, die dafür verantwortlich waren, nicht sah, als noch schlimmer.

Draußen am Wagen lauerten die Feinde. Menschen, Monster, es war alles möglich.

Hilfe hatten sie kaum zu erwarten. Nur der abgestellte Truck stand noch außer ihnen auf dem Parkplatz. Dessen Fahrer war hundemüde gewesen und schlief tief und fest.

Aber das Schaukeln setzte sich fort. Die Schwingungen blieben nicht gleich, sie steigerten sich, und bei jeder Steigerung neigte sich der Wagen noch tiefer.

Eigentlich war es nur eine Frage der Zeit, wann er zu der einen oder anderen Seite kippen würde.

»Tu was!« Anns Stimme klang schrill. So hatte Fred sie in den letzten fünfundzwanzig Jahren noch nie gehört. Auch ein Zeichen, dass bei seiner Frau die Nerven blank lagen.

»Was denn? Und wie, verdammt? Bei dieser Schaukelei!«

Ann schwieg.

Aber das Schaukeln nahm nicht mehr zu. Sie hörte nicht die Schläge an der Außenwand, die immer dann auftraten, wenn Fäuste oder was immer es sein mochte dem Wagen einen neuen Schwung gaben.

Er pendelte aus.

Doch noch bewegte er sich zu stark, sodass an einen Start nicht mehr zu denken war, aber mit jedem Schwung nahm es ab, und schließlich schaukelte er nur noch sanft, und die beiden Morlands konnten Hoffnung schöpfen.

Keiner von ihnen fiel zusammen, aber sie atmeten zunächst einmal auf, obgleich beide wussten, dass die eigentliche Gefahr draußen noch nicht vorbei war.

Sie lauschten den Geräuschen. Vielleicht hörten sie Schritte, die sich entfernten. Möglicherweise hatten die Unbekannten genug von ihrem makabren Spiel und zogen sich zurück.

Die Stille kam ihnen beinahe noch stiller vor als das Heulen. Sie hörten nicht, dass sich Schritte entfernten, es wurde auch kein Motor gestartet, die Umgebung des Wohnmobils lag in einer nahezu gespenstischen unnatürlichen Ruhe.

Ann bewegte sich wieder. Sie hatte sich zuvor an der Wand abgestützt, jetzt sank ihr Arm nach unten, und sie kam mit kleinen Zitterschritten auf Fred zu.

»Willst du nicht fahren?«

Er nickte. Mit dem Ärmel des Polohemdes wischte er über seine Stirn. Als er auf den Stoff schaute, sah er auch den nassen Fleck. »Ja, ich werde es versuchen.«

Sie kam weiter. Dabei schaute sie durch die Seitenfenster in Höhe des Fahrerhauses in die tiefe Dunkelheit des Parkplatzes und stand so, dass sie jeden Augenblick starten konnte, wenn etwas von außen her zu nahe an den Wagen herankam.

Noch geschah da nichts.

Fred bewegte sich in seinem Wohnmobil wie ein Fremder, und so kam er sich auch vor. Er zog den Kopf ein, als er den Sitz umkreiste, um auf ihm Platz zu nehmen.

Er sagte seiner Frau nichts davon, doch er hatte das unbestimmte Gefühl, dass der oder die Fremden sie beide nicht vom Parkplatz wegfahren lassen würden. Dass das bisher Geschehene nicht mehr als ein Vorspiel gewesen war.

Der Schlüssel steckte.

Er brauchte ihn nur anzufassen und herumzudrehen, dann würde der Motor anspringen, sodass sie starten konnten.

Er saß.

Die Sitze waren sehr bequem. Man konnte auch lange Strecken fahren und stieg entspannt aus dem Wagen, was bei diesen Fahrzeugen besonders wichtig war, weil sie nur mit einer bestimmten Geschwindigkeit fahren durften, um andere Verkehrsteilnehmer nicht zu gefährden.

Ann saß noch nicht. Sie stand hinter dem Sitz des Beifahrers und hatte sich nach vorn gebeugt. Ihr Blick glitt durch die Scheibe, und sie bewegte unruhig den Kopf.

Der Truck stand dort wie ein Felsen. Nichts rührte sich bei ihm, nicht einmal der Aufbau, über den hin und wieder der leichte Wind wie ein Gruß wehte.

»Setz dich, Ann!«

»Nein, ich warte.«

Er schaute sie kurz an, hob die Schultern und umfasste dann mit zwei Fingern den silbrig glänzenden Zündschlüssel. Er brauchte ihn nur zu drehen, aber dazu kam Fred nicht mehr, denn von einem Augenblick zum anderen erstarrte er.

Draußen stand jemand.

Kein Mensch.
Es war auch kein Tier.
Es war ein Monster!

*

Fred Morland hörte ein Geräusch, als würde ein Kessel den überschüssigen Dampf durch ein Ventil auspusten. Es klang zischend und gleichzeitig sehr hoch und schrill.

Da aber nichts kochte und er regungslos auf dem Sitz hockte, konnte es nur seine Frau gewesen sein, die diese Geräusche ausgestoßen hatte. Auch sie hatte das Wesen gesehen und schaffte es einfach nicht, es in eine bestimmte Kategorie einzuordnen.

Es brannte kein Licht, die Dunkelheit lag wie ein Sack über dem Land. Allerdings ein Sack, der oben geöffnet war, sodass Mondlicht eine Chance hatte, hineinzuscheinen.

Sein Licht reichte aus, um den Schrecken erkennbar zu machen. Ja, es war der Schrecken, eine andere Möglichkeit kam für beide Morlands nicht in Betracht.

Ein Albtraum, der zum Leben erwacht war. Das Wesen stand auf zwei mächtigen Beinen, die von den Restfetzen einer Kleidung umschlossen waren. Haut sahen sie nicht. Wo sie hätte sein sollen, wuchs ein dichtes braunes Fell wie bei einem struppigen Hund oder einer verwilderten Katze.

Mit beiden hatte das Wesen keine Ähnlichkeit, denn weder Katze noch Hund hatten eine derartige Schnauze und Augen, die noch kälter strahlten als das Mondlicht.

Das Wesen stand auf zwei Beinen, hatte aber die Arme vorgestreckt und seine Hände auf die stumpfe Motorhaube gelegt.

Was heißt Hände?

Es waren Pranken, auch bedeckt mit einem dichten Fell und versehen mit scharfen, spitzen Krallen, die wie dunkles Horn schimmerten und die leicht gekrümmt waren, als wollte das Tier im nächsten Augenblick den Lack von der Motorhaube kratzen.

Fred Morland störte nicht einmal der Anblick so stark. Es war vielmehr die Haltung dieser Kreatur, die ihn irritierte, denn das Wesen sah aus, als würde es keinen Zoll zur Seite weichen und auch Kraft genug haben, um das Fahrzeug am Fahren zu hindern.

Es musste eine Mischung zwischen Mensch und Wolf sein. Auf den Gedanken, dass vor ihm ein Werwolf stehen konnte, kam der Mann nicht, daran dachte er überhaupt nicht, er schaute nur in die harten, gelben Augen, und das reichte ihm.

In seinem Magen befand sich etwas anderes. Die Säure und Säfte waren verschwunden und hatten kleinen Reißnägeln Platz geschaffen, die von allen Seiten in die Magenwände hineinbissen.

»Mein Gott«, flüsterte Ann Morland nur, »mein Gott, was ist das?«

Fred antwortete nicht. Er konzentrierte sich auf die schmalen Schweißbäche, die über sein Gesicht rannen und sich schließlich im Gestrüpp des Bartes festsetzten. Er wusste ja selbst nicht, was sich dort abspielte und konnte Ann keine Erklärung geben. Dass in diesem

Wesen unmenschliche Kräfte steckten, hatte es vorhin durch die Schaukelei des Wohnmobils sehr deutlich bewiesen.

Und es bewies es weiter!

Der Werwolf bewegte sich kaum, jedenfalls war nichts zu erkennen, vielleicht ein Zucken der Armmuskeln, das war auch alles, aber die Morlands erlebten sie Wirkung.

Das Blech der Motorhaube konnte dem Druck nicht standhalten. Er war einfach zu dünn, und die beiden Pranken des Monstrums drückten es an verschiedenen Stellen ein.

Zwei Dellen entstanden, als wären sie dafür vorgesehen, um Regenwasser zu sammeln.

Furchtbar…

Ann bewegte ihre Hände. Sie wischte sie permanent an ihrer Kleidung ab. Ihre Augen brannten dabei. Wenn sie zu stark auf die Bestie starrte, verschwamm diese vor ihren Augen, und sie erkannte, dass es das eigene Tränenwasser war, das ihren Blick so undurchsichtig machte.

»Ich tu's!«, keuchte Fred. »Verdammt, ich tu's! Ich werde starten und die Kreatur über den Haufen fahren!«

»Ja! Mach es!« Ann nickte heftig. Speicheltropfen lösten sich aus ihrem Mund und klatschten auf das Armaturenbrett.

Fred Morland hielt noch immer den Schlüssel fest, als wäre er seine letzte Chance.

Und abermals schaffte er die Drehung nicht, denn hinter ihnen, ungefähr in der Wagenmitte, ertönte ein furchtbares Geräusch. Zuerst ein Krach, dann ein Reißen, als die dünne Metallhaut riss und wenig später erklang ein dumpfes Platzen, denn auch die Innenverkleidung ging entzwei.

Beide fuhren sie herum.

Ann im Stehen, ihr Mann drehte sich auf dem Sitz. Das Licht reichte aus, um tief genug in den Wagen hineinschauen zu können. Und dort sahen sie das Schreckliche.

Von außen her hatte jemand die Trennwand durchschlagen. Ein Hieb hatte ausgereicht, und er war durchgekommen.

Was in den Wagen hineinragte, war eine krallenbewehrte und fellbedeckte Pranke. Sie sah für beide aus wie ein Zeichen des Todes…

*

In diesem Augenblick bewegte sich auch die Kreatur vor dem Wohnmobil. Es sah so aus, als hätten sich beide abgesprochen und die eine auf die andere gewartet.

Der Werwolf drückte nicht mehr, er stemmte sich nur ab und schwang sich in die Höhe.

Und dann war er da.

Wie eine zottige Kugel hockte er auf der Kühlerhaube und starrte mit seinen kalt leuchtenden Raubtieraugen durch die breite Scheibe in den Wagen hinein.

Die Morlands hatten die Bewegung mitbekommen, fuhren wieder herum, als die Kreatur vor ihnen seinen rechten Arm gegen die Scheibe rammte.

Es war so, als hätte jemand einen Stein dagegen geworfen. Sie platzte weg wie dünnes Papier, und die Reste krümelten in den Wagen hinein.

Etwas fauchte den beiden entgegen. Es war der scharfe Atem der Bestie, die in den beiden Menschen nur noch die Opfer sah.

Ann reagierte schneller als ihr Mann. Sie drehte sich weg und zerrte an Freds Schulter. Er durfte auf keinen Fall sitzen bleiben, sie mussten raus aus dieser Hölle. Zudem war die Tür praktisch zum Greifen nah.

Fred Morland kam hoch, er stolperte, an seiner Kleidung hatten sich die kleinen Glasstücke festgehakt wie Eiskristalle, aber daran wollte er nicht denken.

Er schaute auch nicht zurück. Hätte er es getan, hätte er sehen können, wie sich die Kreatur auf der Kühlerhaube bewegte und in den Wagen hineinkroch. Sie hob den rechten Arm und ließ ihn wieder fallen. Mit der Pranke drosch sie auf den Lenkradring und erwischte ihn an der oberen Stelle, sodass er dort eingedrückt wurde.

Ann hatte die Tür als Erste erreicht, sie war von innen verriegelt worden. Nach der ersten Angst draußen fühlte Ann sich so sicherer.

Sie drehte den Riegel herum, öffnete die Tür und hatte vergessen, einen Blick auf die zweite Bestie zu werfen, denn die hielt sich längst nicht mehr dort auf, wo sie das Loch in die Haut geschlagen hatte.

Sie stand vor der Tür.

Das sah Ann in dem Augenblick, als sie die Tür aufzerrte und direkt gegen die fürchterliche Schnauze schaute, die nicht völlig geschlossen war. Zwischen den Zähnen konnte sie den hellen Geifer sehen, der wie gelber Eiter schimmerte, aber wesentlich dünner war und die spitzen Hacker mit dünnen Fäden verband.

Sie würgte ihre Angst hervor, sie wusste, dass auch dieser Weg versperrt war, und ihr Mann hatte es ebenfalls gesehen. Er wollte es trotzdem versuchen, auch wenn er wusste, dass ihm diese Kreatur haushoch überlegen war.

Fred warf sich vor.

Er kam sich in diesem Augenblick nicht wie ein Held vor. Er dachte überhaupt nicht nach. Für ihn war es der reine Selbsterhaltungstrieb, der ihn so handeln ließ.

Und er rammte gegen den Körper.

Den Kopf hatte er eingezogen, sich gebückt und ihn nach vorn gestemmt. So hoffte er, den anderen am wirkungsvollsten erwischen zu können.

Der Körper war weich, sogar nachgiebig, dennoch kam er Fred vor wie eine Betonwand.

Das Monster bewegte sich um keinen Fingerbreit voran, es blieb stehen wie angenagelt.

Doch durch Freds Kopf tobte der Schmerz in scharfen Stichen und hämmerte von innen her gegen die Schädeldecke.

Er bekam einen Schlag.

Der Hieb war fürchterlich. Er riss ihn in die Höhe und schleuderte ihn bis zum festgeschraubten Tisch zurück, gegen dessen Kante er mit seinem Rücken prallte.

Wieder brannte in ihm der Schmerz. Er spürte, wie er nach unten rutschte und gleichzeitig in sich zusammenfiel wie eine Gliederpuppe.

Er hörte den Schrei.

Der Stimme nach musste es Ann gewesen sein, und blitzschnell drehte er den Kopf nach links.

Sie war es, und sie befand sich in Lebensgefahr. Der Werwolf, der den Weg durch die Scheibe genommen hatte, hielt sie in seinem Griff. Seine Pranken umklammerten ihre Oberarme in Höhe der Schultern, die Krallen waren gebogen und durch den Stoff des Jogginganzugs gedrungen, wo sie sich in die Haut gebohrt hatten.

Ann hatte nur einmal geschrien. Ansonsten stand sie unter Schock und brachte keinen Laut mehr hervor. Auf ihrem Gesicht stand die blanke Panik. Sie starrte mit einem ihr fremden Ausdruck in den Augen gegen die Fratze des Werwolfs, die dicht vor ihrem Gesicht schwebte.

Vor der Schnauze sprühte der Geifer. Er warf gelbliche Bläschen, die immer wieder zerplatzten, wenn der innere Druck zu stark geworden war.

Fred Morland dachte nicht mehr an sein eigenes Schicksal, auch nicht an den Schmerz in Kopf und Rükken. Er wollte seiner Frau helfen, musste sie aus den Klauen dieser Kreatur befreien.

Der Mann war zusammengesunken, sodass er jetzt mehr am Boden lag. Auf die Beine konnte er so schnell nicht mehr kommen, und er rollte sich herum, um wenigstens in die Nähe seiner Frau gelangen zu können.

Zwei Umdrehungen schaffte er, die Dritte blieb ihm versagt, denn da hatte der zweite Werwolf zugegriffen.

Und der erwischte Freds Beine!

Morland hatte das Gefühl, von einer Zentnerlast begraben zu werden. Der Druck gegen seine Waden war ungeheuerlich, er wollte schreien, aber aus seinem Mund drang nicht mehr als ein Gurgeln. Dann zerrte ihn die Bestie zurück.

Sie schleifte ihn einfach über den Boden. Es interessierte sie auch nicht, ob er mit dem Gesicht darüber scheuerte, sie wollte ihn aus dem Wohnmobil weghaben.

Und keiner kam zu Hilfe.

Auch der Truckfahrer rührte sich nicht. Er schlief den Schlaf des Gerechten. Es rollte kein Wagen auf den Parkplatz, die Morlands waren mit den Bestien allein.

Fred konnte nichts machen.

Verzweifelt versuchte er, sich irgendwo festzuklammern. Er hatte seine Finger gekrümmt, die Nägel rutschten über die glatte Fläche, sie knickten weg, rissen ab, und Fred heulte in seiner wilden Verzweiflung furchtbar auf.

Der Werwolf ließ ihm keine Chance!

Zwar versuchte Fred noch, die Arme auszubreiten, damit er nicht so leicht durch die Türöffnung passte, aber es war nicht mehr als ein Versuch, die Bestie zerrte ihn ins Freie.

Mit dem Kinn schlug er auf die Stufen. Bei jeder harten Berührung zuckten wieder Schmerzwellen durch seinen Kopf. Manchmal sah er die Sterne blitzen, als würde der Himmel über ihm zusammenfallen. Dann wieder tauchten rote Kreise auf, die, kaum, dass sie entstanden waren, zu Funken zersprühten.

Etwas schabte unter seinem Kinn entlang wie eine heiße, glühende Messerspitze.

Ein Irrtum, denn es war der raue Asphalt, der die Haut

an seinem Kinn aufriss und das Blut aus den Schürfwunden hervorquellen ließ.

Fred Morland lag jetzt im Freien, das aber bekam er kaum mit. Er hörte Schreie aufklingen, konnte aber nicht sagen, wer sie ausgestoßen hatte. Er jedenfalls war es nicht gewesen. Aus seinem Mund drangen höchstens keuchende Laute.

Vielleicht seine Frau?

Als er daran dachte, kam er sich vor wie jemand, der einen Fußtritt in den Magen bekommen hatte.

Himmel, mit ihm konnten sie anstellen, was sie wollten, aber bitte nicht mit Ann!

Etwas Hartes hieb in seinen Nacken.

Zuerst dachte er daran, dass sein Hals aufgerissen werden sollte, bis ihm klar wurde, dass sich die Krallen in seinem Kragen verhakt hatten.

Er schluckte, er keuchte, er stand plötzlich auf seinen Beinen, ohne es richtig bemerkt zu haben.

Die Bestie drehte ihn um.

Im nächsten Moment hatte er den Eindruck, fliegen zu können. Dabei stolperte er nur zwei, drei Schritte zurück, aber sein Kreislauf war völlig von der Rolle.

Und er landete auch.

Hart prallte er mit dem Rücken gegen die Wagenwand. Obwohl sie flach war, hatte er das Gefühl, von Dolchen in den Rücken gestoßen zu werden. Für einen Moment hielt er den Atem an, was auch nicht das Wahre war, denn sein Herz hämmerte stark und ließ Echos an seinen Rippen erklingen. Die Angst steigerte sich noch mehr. Nie hätte er gedacht, dass so etwas möglich sein konnte, sie war wie eine Woge, die alles überschwemmte und auch seinen Sichtwinkel verkürzte.

Vor ihm tanzte die Fratze.

Das böse, grausame Gesicht der Bestie. Eine Mischung aus Schrecken und Mordgier.

Gab es noch eine Chance?

Er glaubte nicht mehr daran, und er merkte auch, dass die letzte Kraft seinen Körper verließ. Trotz der Stütze hatte er Mühe, sich auf den Beinen zu halten. Er hatte das Gefühl, als wäre der Schweiß durch seine Kleidung gedrungen und hätte an der Außenwand des Fahrzeugs Spuren hinterlassen.

Und dann hörte er das Wimmern.

Zunächst dachte er, dass eine der Kreaturen diesen Laut abgegeben haben könnte, das stellte sich als Irrtum heraus, denn dieses Geräusch konnte nur ein Mensch abgegeben haben.

Ein Mensch?

Ann!

Der Gedanke an sie war wie ein Schrei, der in seinem Gehirn hochzuckte. Er sah das schreckliche Bild noch vor sich, wie Ann von der Bestie gepackt worden war. Sie noch immer in den Klauen der Kreatur zu wissen, sprengte fast sein Vorstellungsvermögen.

Er ächzte schwer.

Von vorn drang der scharfe Geruch der Kreaturen gegen ihn. Er erinnerte Fred an den Gestank im Zoo. In den Raubtierkäfigen herrschte eine solch schlechte Luft.

Sie wimmerte noch immer.

Dann sah er sie, als er den Kopf nach links drehte. Im

ersten Augenblick erinnerte sie ihn an eine Puppe, denn sie bewegte sich willenlos im Griff der Bestie.

Dass Ann überhaupt ihre Beine vorsetzte, erinnerte ihn an ein kleines Wunder. Sie tat es automatisch, es war mehr ein Reflex, als wäre ein Uhrwerk in Gang gesetzt worden.

In ihr Wimmern hinein wehte das Keuchen der Bestie. Die Zähne im offenen Maul schimmerten wie helle Nägel, die Augen im Kopf waren nur noch gelbe Laternen ohne Gefühl und Ausdruck, abgesehen von einer eisigen Kälte.

Die Bestie drückte Ann herum und rammte sie dann ebenso schnell wieder vor.

Hart prallte sie mit dem Rücken gegen die Wand. Ihr leiser Aufschrei war wie ein Klagen.

Fred bewegte seinen Arm nach links. Er spreizte ihn ab, glitt dabei an der Wagenwand entlang, und es kam zu einer Berührung, die wie ein Stromstoß durch seinen Arm zuckte.

Er war nicht allein, sie war nicht allein.

Sie starben zusammen!

Komisch, dass ihn dieser Gedanke nicht so sehr erschreckte, wie er es gedacht hatte. Lange Jahre hatten sie gemeinsam verbracht, jetzt würden sie auch zusammen sterben.

Keiner blieb dann zurück…

Fünfundzwanzig Jahre…

Das schoss ihm durch den Kopf, und er spürte den Druck der Tränen.

Die Bestien taten nichts. Sie standen vor ihnen und beobachten nur. Vor ihren Mäulern dampfte der Atem und vermischte sich mit dem dünnen Sprüh des Geifers.

Wann schlugen sie zu?

Wieder verging Zeit. Die Nacht kam Fred frostig vor. Er fing an zu frieren. Sein hochgeschnellter Adrenalinspiegel war wieder etwas gesackt, die Nerven nicht mehr so aufgeputscht, er war wieder in der Lage, Schmerzen zu empfinden und spürte das Brennen an verschiedenen Stellen seines Körpers, besonders stark unter dem Kinn.

Doch darauf konnte er sich nicht mehr konzentrieren, denn er hörte Schritte.

Kam noch eine dritte Bestie?

Fred konnte nichts mehr überraschen. Es hätte ihn nicht gewundert, wenn sich plötzlich die Büsche aufgetan und noch eine weitere Horde von Kreaturen entlassen hätten.

Sie ließen sich nicht blicken.

Dafür kam jemand anderer.

Es waren auch normale Schritte und nichts anderes. Kein Schleifen, kein Stampfen. Dass sie näher an ihn herankamen, entnahm Fred der Lautstärke. Er hob den Kopf.

Sein Kinn brannte, als läge es mit der unteren Hälfte in einer scharfen Säure.

Er schaute hoch.

Da stand der Mann. Weißes Haar, weißer Bart.

Der Mann trug einen senfgelben Mantel, der ihm bis über die Waden reichte. Beim ersten Hinsehen hätte er auch für einen tibetanischen Mönch durchgehen können, was er aber nicht war, denn sein Gesicht hatte europäische Züge.

Irgendwie sah er müde aus, was aber täuschte, denn seine Augen straften diesen Eindruck Lügen.

Sie blickten klar, kalt und hellwach.

Die beiden Bestien taten ihm nichts, sodass Fred der Gedanke kam, dass er zu ihnen gehörte und vielleicht sogar deren Chef war, denn die Bestien hatten ihre Haltung verändert und standen irgendwie demutsvoll und gleichzeitig abwartend.

Der Fremde ging auf die Frau zu. Fred wollte sehen, was er mit Ann tat, und schielte zur Seite.

Dicht vor ihr stoppte er seinen Schritt.

Ann atmete heftig. An den Oberarmen des zerfetzten Jogginganzugs schimmerten rostige Flecken. Sie sahen zwar aus wie Rost, aber sie waren es nicht, denn auch eingetrocknetes Blut sah so aus.

Er schluckte. Wenn der Alte seiner Ann etwas antat, dann wusste er nicht, was er tun würde.

Sie starrten sich an.

Ann weinte.

Das Tränenwasser hatte ihr Gesicht in einen nassen bleichen Fleck verwandelt. Sie litt wie ein Hund, und Fred litt mit seiner Frau. Plötzlich durchströmte ihn Hass, Wut und Zorn. Sie vereinigten sich zu einem reißenden Strom, der alles mit sich zerren wollte.

»Sie ist gut«, sagte der Alte mit dünnen Lippen. »Ja, sie ist sehr gut. Fein habt ihr das gemacht.« Sogar seine beiden Bestien lobte er. »Ihr wollt sie reißen, nicht? Ihr wollt beweisen, dass die alten Kräfte eines längst versunkenen Kontinents noch immer in euch stecken. Ich weiß das, und ich werde auch nichts dagegen haben, aber zunächst müssen wir unsere neue Heimat erreichen.«

Fred Morland begriff nichts. Er hatte die Worte zwar gehört, doch nicht die Bohne verstanden.

Rätsel über Rätsel, und er konnte nicht sagen, dass es ihm deshalb besser ging.

Der Alte im senffarbenen Mantel wandte sich von Ann ab. Sein neues Ziel war Fred, an dessen Kinnspitze sich das Blut gesammelt hatte, zu einem dicken, schweren Tropfen geworden war und nach unten sackte. Die Hälfte des Tropfens löste sich, platschte zu Boden und zeichnete dicht vor seinen Fußspitzen ein Muster.

Der Blick war schlimm.

Er drang bis unter die Haut, er schien die Seele eines Menschen fressen zu wollen.

Nie zuvor hatte Fred ein derartiges Gesicht gesehen. So aus der Nähe betrachtet, störte ihn auch die Dunkelheit nicht, denn er war in der Lage, jede Einzelheit aufzusaugen.

Es war ein Mensch, der vor ihm stand. Dennoch gab es zwischen ihm und diesem Menschen eine Distanz, die anders war, als würde ein völlig normaler Fremder vor ihm stehen.

Von dieser Gestalt strömte etwas aus, das sich Fred nicht erklären konnte. Zwischen ihm und den Fremden blieb die Distanz, die Fred mit seinem Gefühl zeitlich zu erfassen versuchte und den Eindruck bekam, es lägen Generationen dazwischen.

Was wollte dieser Mann?

Zunächst einmal verstand er sich ausgezeichnet mit den beiden Kreaturen. Er machte auch nicht den Eindruck, als würde er im nächsten Augenblick ein Messer hervorholen um es in Freds Leib zu rammen. Trotzdem strahlte er eine Gefahr ab.

Der Fremde hob die rechte Hand und berührte ihn. Fred Morland zuckte zusammen. Nicht allein wegen dieser Berührung, es lag noch ein anderer Grund vor, denn der Alte ließ seine rechte Hand auf Wanderschaft gehen und sie über den Körper gleiten.

Fred kam sich vor wie ein Stück Vieh, dessen Qualität kurz vor dem Schlachten noch geprüft werden sollte.

Dann sank die Hand nach unten.

Was würde geschehen?

Der Fremde nickte.

War er zufrieden?

Als Fred Morland scharf den Atem ausstieß, drehte sich der Alte herum. Er richtete seinen Blick auf die beiden Werwölfe und hob eine Hand. Es war das Zeichen für sie.

Ann schrie erschrocken, als sie wieder die Griffe der beiden Pranken spürte, die in ihrer Härte keinen Zweifel daran aufkommen ließen, dass sie es nicht schaffen würde, sich zu befreien.

Sie wurde nach vorn und gleichzeitig zur Seite gezerrt, fing sich einen Stoß in den Rücken ein, der sie in die entsprechende Richtung katapultierte.

Sie musste weg.

Fred erging es nicht anders.

Auch ihn schob eine Pranke herum und drückte sie in die entsprechende Richtung.

Trotz seiner nicht eben beneidenswerten Lage war er nur froh, hinter seiner Frau hergehen zu können.

Er schaute nicht nach rechts und links. Schon sehr bald hatten sie die helle Betonfläche des Parkplatzes verlassen, schoben sich am Müllkübel vorbei und gingen dann über den weichen Boden, auf dem Gras wie ein dichter Teppich wuchs.

Hinein in die Landschaft.

Aber wohin würden sie gehen?

*

Wir hatten das Licht zwar gelöscht, dennoch wusste ich, dass etwas passiert war.

Im letzten Licht der beiden Lampen hatten wir noch das Glitzern auf dem Boden gesehen, als würden kleine Eisstücke dort verteilt liegen, aber das konnte nicht der Fall sein, dafür war es zu warm.

Das Glitzern war wie ein Stück heller Teppich und lag nicht weit von einem abgestellten Wohnmobil entfernt.

Ich stoppte.

»Was sagt dein Kreuz?«, fragte Suko.

»Es hat sich kaum abgeschwächt«, antwortete ich und öffnete sehr vorsichtig die Tür.

Die Nacht war kühl geworden. Ein Irrsinn für diese Jahreszeit. Schließlich hatten wir Mitte Mai.

Auch Suko saß nicht mehr im Rover. Ebenso leise wie ich hatte auch er die Tür zugedrückt.

Der Atem dampfte vor unseren Lippen. Für einige Sekunden bewegten wir uns nicht und sahen aus wie zwei Männer, die gekommen waren, um die Stille zu genießen.

Außer unserem standen noch drei andere Fahrzeuge auf dem Parkplatz. Da war einmal der Wagen, der Krystos gehörte, wie Suko mir durch sein Nicken andeutete, dann sahen wir das Wohnmobil und ein Stück davor, das Mobil überragend – war ein mächtiger Truck geparkt worden.

Wir näherten uns zuerst dem Fahrzeug des griechischen Geisterbahn-Besitzers. Wir leuchteten hinein. Es war leer. Nicht eine Maus bewegte sich dort.

Von zwei Seiten hatten wir hineingeschaut. Suko richtete sich auf. Über das Dach hinweg schaute er mich an. »Dein Kreuz ist ein verdammt guter Fährtenleser. Aber wo stecken die anderen?«

»Wer?«

»Du weißt schon. Ich rechne mit mindestens zwei Werwölfen. Und keiner von ihnen wird den Wagen gefahren haben.«

»Dann war es der Kerl im gelben Mantel.«

»Eben.«

Ich deutete auf den Wohnwagen, der mir persönlich als Objekt sowieso interessanter erschien.

Diesmal teilten wir uns nicht, blieben zusammen und kamen von der rechten Seite.

Das Loch sahen wir zugleich.

Suko zischte durch die Zähne. »Verdammt, Alter, da hat aber jemand hingelangt. Sieht aus, als wäre ein kleiner Baumstamm zu Hilfe genommen worden.«

»Muss nicht sein.«

»Wieso?«

Ich ging ein wenig in die Knie, um mir das Loch genauer anzuschauen. Dabei nickte ich. »Wenn ich daran denke, welche Kräfte in einem Werwolf stecken, möchte ich beinahe meinen, dass dieses Loch auch von einer Bestie stammen kann.«

»Möglich. Was siehst du?«

Ich hatte tatsächlich so gut wie möglich von diesem Ort aus den Wagen durchforstet. »Nichts, keine Menschen, aber das sieht mir verdammt nach einem Kampf aus.«

»Auch keine Leichen?«

»Zum Glück nicht.«

Ich hörte, dass Suko wegging, und blieb ihm auf den Fersen. Schon wenig später blieb er stehen. Die Tür war nicht verschlossen, sie stand offen und zitterte leicht.

Als Suko den Wagen betrat, zog er sicherheitshalber seine Waffe. Ich blieb in seinem Schatten.

Im Wagen schauten wir uns um.

Eine Lampe nur verbreitete ein ziemlich mildes und gleichzeitig trübes Licht.

Es war im Prinzip noch alles okay, wäre da nicht auch die zerbrochene Frontscheibe gewesen, die durch den äußeren Druck so zerkrümelt war, dass sich die Splitter wie heller Schnee nahe der beiden vorderen Sitze verteilt hatten.

Ich blieb bei der Lampe stehen, Suko schaute sich vorn um. Er war sehr schnell wieder da.

»Blut«, sagte er. »Auf dem Boden habe ich Flecken gesehen, an der Innenwand ebenfalls.«

Ich stieß die Luft aus.

»Sollen wir weitersuchen?«

»Ja, ich möchte wissen, mit wem wir es zu tun haben. Irgendwo muss es Unterlagen geben.«

Wir nahmen uns das Handschuhfach vor. Ich räumte einiges aus. Einen Zettelblock, zwei Kugelschreiber, Zigaretten, Taschentücher, Erfrischungstücher, einen Lippenstift, ein Feuerzeug und eine schmale Brieftasche, in der österreichische Schillinge steckten.

Die Papiere fanden wir nicht.

Suko suchte hinten weiter. Er griff zu einem alten Trick und hob die Matratzen der beiden schmalen Betten an.

Als er wühlte, hatte er schon sehr bald Erfolg. »Hier ist etwas, John.«

In der Wagenmitte begegneten wir uns und blieben im Schein der Lampe stehen.

Suko klappte eine Brieftasche auf. In ihr lagen zwei Ausweise, und wir wussten endlich, wem der Wagen gehörte.

Dem Ehepaar Fred und Ann Morland.

Suko entdeckte noch einen Mietvertrag. Die Morlands waren also nicht die Besitzer des Wohnmobils.

Das dumpfe Gefühl in meinem Innern wollte nicht weichen. Es stand längst fest, dass die Morlands Besuch von diesen Werwölfen bekommen hatten. Ihr strenger Geruch hing noch zwischen den Wänden, und dieser typische Gestank war uns nicht unbekannt.

Wir schauten auch in der kleinen Toilette nach, öffneten Schränke, ohne einen weiteren Hinweis zu finden.

An der offenen Tür blieb ich stehen. »Wo können die Bestien die beiden hingeschafft haben?«

»Jedenfalls nicht mit dem Wagen weg.«

»Ja, das stimmt.«

»Es sei denn«, dämpfte ich unser beider Erwartungen, »dass hier noch ein zweites Fahrzeug auf sie wartete. Das widerspricht allerdings der Reaktion meines Kreuzes. Es wundert mich, weil ich es nicht gewohnt bin, aber es hat sich noch immer erwärmt.«

»Dann sind sie zu Fuß geflüchtet.«

»Wohin läuft man in dieser Gegend?«

Ich hob die Schultern. »Keine Ahnung, Alter. Aber ich weiß auch nicht, was die beiden Bestien vorhaben.«

»Sie wenig.«

»Sondern?«

»Ihre Leitbestie, wenn ich das mal so sagen darf. Für mich ist der Mann im gelben Mantel die treibende Kraft. Und er ist nicht Semerias, dieser Götze aus Atlantis.«

»Was macht dich so sicher?«

»Ich weiß es einfach.«

Noch einen letzten Blick warf ich durch den Wagen, ohne Sukos Frage zu beantworten. Dann verließ ich das Mobil und ließ meinen Blick so gut wie möglich in die Dunkelheit hineinwandern, die über dem flachen Land ausgebreitet lag.

Vom Motorway her vernahmen wir die Geräusche der vorbeirasenden Wagen. Die üblichen Laute am Rande einer nächtlichen Autobahn. Und trotzdem war es keine übliche Nacht. Zwei Kreaturen der Finsternis waren unterwegs und hatten brutal zugeschlagen. Das Blut im Wohnmobil war Zeugnis genug.

Ich konnte mir nicht vorstellen, dass sich die Bestien mit ihren Opfern in Richtung Motorway abgesetzt hatten. Sie mussten entgegengesetzt in das flache Land hineingelaufen sein.

Weiterhin ging ich davon aus, dass sie etwas mit ihnen vorhatten. Einen normalen Tod hätten sie ihnen auch hier im Wohnmobil verschaffen können. Sie aber hatten sie mitgeschleift, und das musste einen Grund haben. Suko dachte ebenso wie ich und schlug vor, nach Spuren zu suchen. Das taten wir im Schein der Lampen.

Manchmal haben Blutstropfen auch ihre positiven Seiten. Wir jedenfalls entdeckten die dunklen Abdrücke auf dem Beton und verfolgten diese Spur bis zum Rand des Parkplatzes, wo nicht nur eine große Mülltonne stand, sondern auch zwei Bänke mit Tischen davor. Bestens geeignet für eine kurze Pause.

Dort hörten die Spuren auf.

Unsere Lichtstrahlen glitten über den dichten Grasboden, tasteten sich in Lücken hinein, und wir entdeckten auch Spuren.

Sie führten geradewegs in die Einsamkeit der Gegend jenseits des Rastplatzes hinein.

»Also doch«, sagte ich.

Suko wollte wissen, wie mein Kreuz reagierte.

»Es hat sich auch weiterhin erwärmt.«

»Dann können sie nicht weit sein.«

»Eben.«

Wir taten nicht viel, wir sprachen auch nicht darüber, aber Suko musste es ebenso wie mir ergehen. Uns hielt ein ungewöhnliches Gefühl umfangen.

Es war schlecht zu beschreiben, man musste es einfach erleben.

Die Kühle der Nacht, der Wolkenhimmel, der Mond, der leichte Wind, der in unsere Gesichter fuhr und einen Hauch von Grauen mitbrachte. Wenigstens kam es mir so vor.

Im Moment war es still. Wir hörten auch vom Motorway keinerlei Geräusche. Dann, nach einem leisen Quietschen, bemerkten wir einen hellen Schein. Dann war er wieder verschwunden. Gleichzeitig schlug eine Wagentür leise zu.

Wir drehten uns.

Stille.

Suko nickte mir zu. »Verdammt, John, das war dort, wo der Truck steht.«

»Bist du sicher?«

»So ziemlich.«

»Dann los!«

Wir gingen hin. Ohne uns abzusprechen, wussten wir beide, was zu tun war. Wir trennten uns und nahmen den großen Truck in die Zange. Leider wiederholte sich das Geräusch nicht, es blieb ruhig. Nur unsere eigenen Schritte hörten wir.

Die Türen des Fahrerhauses waren mit bunten Aufklebern bedeckt. Es roch nach Öl, nach Benzin, nach weiter Straße und einer grenzenlosen Ferne.

Ich stand an der Beifahrerseite. Das Fahrerhaus lag

für die normale Sicht zu hoch. Wenn ich hineinschauen wollte, musste ich auf die Stufe klettern. Ich konnte aber erkennen, dass die Scheiben beschlagen waren. Ein Hinweis darauf, dass jemand in der Kabine hinter dem Fahrerhaus die Nacht schlafend verbrachte.

Eventuell ein Zeuge?

Oder war er aus dem Wagen verschwunden. Hatten wir deshalb das Geräusch gehört und auch für einen Moment das Licht der Innenbeleuchtung flackern gesehen.

Die Tür war nicht verschlossen, ich öffnete sie und Suko tat das Gleiche auf seiner Seite.

Muffige Luft strömte uns entgegen. Der typische Geruch eines Mannes, dessen Körper im Schlaf ausdünstete.

Etwas anderes war trotzdem vorhanden, auch Suko hatte es bemerkt, denn er verzog das Gesicht, kletterte noch höher und schaltete seine Lampe ein, dessen heller Strahl über das abgewetzte helle Lederpolster des Sitzes hinwegglitt.

Auf dem Leder lagen die beiden Pfützen wie leicht glänzende, dunkle Augen.

Suko strahlte sie an, schaute aber mich an. »Sag was, John.«

»Blut«, flüsterte ich.

»Ja.« Er schwenkte den Lichtfinger, der lautlos über die Armaturen huschte, den Boden bestrich, wieder am Sitz hochkletterte und auch über die Rückenlehne glitt.

Da sahen wir das dunkle Blut als Spritzer, die verlaufen waren. Als hätte jemand auf die Pfützen noch einmal kräftig mit der Hand geschlagen, um den schaurigen Rest zu verteilen.

»Der Fahrer«, hauchte Suko und schwang sich in das Fahrerhaus, weil er über den Sitzen die Schlafkoje entdeckt hatte. Um sie zu erreichen, musste nur ein Vorhang zur Seite geschoben werden.

Ich stand noch auf den Stufen und schaute Suko zu, wie er den Arm ausstreckte und in die Falten des Vorhangs griff. Er zog ihn noch nicht auf, sondern sah mich an.

Ich zog meine Waffe.

Die Berettamündung wies schräg in die Höhe. Sollte einer von uns nach dem Aufziehen des Vorhangs angegriffen werden, würde ich den Feind mit einer geweihten Kugel stoppen können.

Es kam anders.

Suko riss den Vorhang auf.

Was sich oder ob sich etwas dahinter befand, konnte ich nicht mehr sehen, denn zwei Zangen umklammerten meine Beine in Höhe der Waden und zerrten mit aller Macht daran.

Es gab keine Chance.

Ich rutschte blitzschnell ab, stieß mit dem Kinn zuerst gegen die Ledersecke des Sitzes, und eine Sekunde später donnerte ich mit dem Kopf auf die oberste Stufe. Ich sah nur noch Sterne.

Der Druck an meinen Beinen blieb. Ich hörte noch die Stimme meines Freundes und wusste nicht, ob er geflucht oder geschrien hatte, denn ich prallte auf die harte Betonplatte. Zum Glück nicht mit dem Kopf, den konnte ich außer Reichweite bringen und mich über die Schulter abrollen, obwohl ich diesen Aufprall auch bis in die Fingerspitzen spürte. Dass ich die Beretta verloren hatte, bekam ich kaum mit. Ich hörte nur ein gewaltiges Knurren über mir, in das sich ein gieriges Fauchen mischte, riss die Augen auf und entdeckte eine widerliche Werwolffratze. Seine Augen ähnelten kalten, gelben Steinen.

Der Werwolf schnappte zu.

Ich war schneller.

Reflexe, alles nur Reflexe. Den Arm hochreißen, ihn gleichzeitig anwinkeln und hart sowie blitzschnell von der Seite her zuschlagen.

Der Ellbogen erwischte die Schnauze der Bestie.

Ich hörte es noch knacken, dann wirbelte der Kopf zur Seite, der erste Angriff war gestoppt.

Bevor er mich mit seiner Pranke auf den Boden festnageln konnte, war ich ihm entwischt. Ich wirbelte mich am Boden liegend um die eigene Achse, wollte hochschnellen, rutschte aber auf irgendeiner verdammten und beinahe schon eingetrockneten Öllache aus und machte in der Hocke einen langen Spagat.

Ich sah meine Waffe und kam leider nicht an die heran, da hätte ich schon Gummiarme haben müssen.

Der Werwolf wollte springen. Ich sah es an seiner Haltung. Wenn er schnell genug war, kam ich nicht weg. Da konnte er mir die Pranken in den Kopf schlagen.

Nicht er sprang, sondern Suko.

Mein Freund hockte auf der Motorhaube und hatte genug gehabt, den Werwolf anzuvisieren und sogar die

Dämonenpeitsche zu ziehen und die drei Riemen ausfahren zu lassen.

Er sprang und schlug zu.

Sehr breit präsentierte die Bestie meinem Freund den Rücken. Er konnte ihn nicht verfehlen.

Es klappte.

Als die Kreatur in die Höhe schnellte, wurde sie von den drei Riemen voll erwischt.

In meine Richtung konnte sie sich nicht mehr werfen. Sie kam nur noch hoch, als wäre sie vom Katapult geschnellt. Dabei breitete sie die Arme und die Beine aus und wirkte in dem Augenblick, als sie sich über den Boden befand, wie das schaurige Ergebnis einer finsteren Gen-Manipulation. Nicht mehr Tier und nicht Mensch, einfach ein mordendes Neutrum, eine widerliche, haarige Bestie.

Sie prallte auf den Rücken. Dabei zuckten die Arme, schlugen die Beine und ratschten die Krallen über den Beton, als könnten sie dort irgendwo Halt finden.

Auf dem Körper zeichneten sich die drei Streifen ab, die von den Riemen in das Fell gebrannt worden waren. Sie sahen aus wie braunrote Spuren, wobei eine noch das Gesicht erwischt hatte, quer darüber hinweglief und an der Stirn endete.

Ich stand auf. An meinem rechten Hosenbein klebte Öl. Mehr Schaden war nicht entstanden.

Suko war ebenfalls gut gelandet und nickte mir zu. »Das war er«, sagte er, »das war der Fahrer.«

»Ja, sie haben ihn erwischt.«

»Sogar als Ersten.« Suko ballte die freie Hand zur Faust. »Und was ist mit den anderen beiden?«

Ich hob die Beretta auf und steckte sie weg. »Wenn wir die Spuren verfolgen, Suko, werden wir sie auch finden. Davon bin ich fest überzeugt.« Ich massierte meine Schulter und den Nacken gleich mit, denn der hatte ebenfalls beim Sturz gelitten.

Gemeinsam kümmerten wir uns um den Toten, hoben ihn an und legten ihn im Fahrerhaus ab.

Ich hatte einen pelzigen Geschmack im Mund, denn nun wusste ich hundertprozentig, wie weit die verfluchten Bestien gingen. Es wäre auch hirnrissig gewesen, einfach anzunehmen, dass sie nichts taten. Sie waren Werwölfe, auch wenn sie möglicherweise aus einer anderen Zeit stammten, aus einem anderen Land. Ihr Trieb war derselbe geblieben, der hatte sich über die Jahrtausende hinweg gehalten.

Aber was hatten sie vor? In welch einer Verbindung standen sie zu dem geheimnisvollen Semerias?

Suko entdeckte die Ratlosigkeit in meinem Gesicht und nickte mir mitfühlend zu. »Wir werden diese ungastliche Stätte hier verlassen müssen.«

»Fragt sich nur, wohin wir gehen.«

»Wälder gibt es in dieser Gegend genügend. Da können wir uns drinnen verstecken.«

Ich widersprach nicht.

In der letzten halben Stunde waren wir die Einzigen gewesen, die den Parkplatz angefahren hatten. Ich hoffte stark, dass dies auch in den nächsten Stunden noch so blieb, denn ich wollte auf keinen Fall, dass der Tote entdeckt wurde.

Ich verließ den Schatten des Trucks.

Mein Blick schweifte über die Begrenzung hinweg in das freie Land hinein, über dem die tiefe Dunkelheit lag.

Dahinten – vielleicht weit oder nicht so weit – da waren sie.

Aber wo…?

*

Als hätte sich der Wind entschlossen, uns besonders zu begrüßen, so hatte er plötzlich aufgefrischt und fuhr wie mit gewaltigen Schaufelhänden über das flache Land hinweg, kämmte das Gras oder ließ es wie Wellen kräuseln, sodass wir den Eindruck hatten, einem gewaltigen Meer entgegenzugehen, dessen Fläche nur dann und wann von einigen dunklen Flächen, den Wald- oder Buschinseln, unterbrochen wurde.

Lag vor uns Atlantis? Oder ein Teil davon – ein Erbe vielleicht? Mir fiel der Begriff ein, der auch gefallen war.

Herr der Schattenburg!

Semerias, der im Hintergrund unsichtbar die Fäden zog und den wir nicht kannten, musste der Herr der Schattenburg sein. Es gab für mich keine andere Erklärung.

Unser Weg war sehr gut zu verfolgen, da wir hin und wieder die Lampen aufblitzen ließen, um die hellen Strahlen über das Gelände fahren zu lassen.

Niemand kam uns entgegen. Es war auch niemand da, der uns aufgehalten hätte. Alle hielten sich zurück. Uns schien es, als hätten sie sich im weichen Erdboden verborgen.

Beide waren wir misstrauisch. Besonders ich achtete sehr genau auf mein Kreuz, das für mich der beste Indikator war, den ich mir vorstellen konnte. Seine Wärme war geblieben, es spürte die Magie, aber sie hatte nicht mehr zugenommen. Oder es war mir nicht aufgefallen, was auch gut sein konnte, denn sehr geringe Wärmeunterschiede konnte ich leider nicht feststellen.

Längst hatte uns die Einsamkeit des Geländes verschluckt. Über allem stand der Mond. Das Licht stieß mich ab, es kam mir kalt und widerlich vor.

Kein Vogel flog durch die Luft. Die Tiere hatten sich niedergelegt, um zu schlafen. Vielleicht waren sie auch rechtzeitig genug geflohen, da sie gespürt hatten, dass sich etwas anbahnte.

Wir hatten nichts, wonach wir uns hätten richten können. Einzig und allein auf die Richtung mussten wir uns verlassen, auf die Spuren nicht mehr, die waren entweder nicht vorhanden oder verschwunden.

Wusste die andere Seite, dass sie verfolgt wurde? Ich ging einmal davon aus und stellte mich darauf ein. So würden wir wenigstens keine zu schlimmen Überraschungen erleben.

Mir wollte das Bild des Werwolfs nicht aus dem Sinn. Ich konnte nur hoffen, dass es bisher der einzige Veränderte war, abgesehen von den Bestien, deren Heulen ich gehört hatte.

Um Nora Shane tat es mir sehr Leid. Sie war eine Frau gewesen, die sich eine neue Zukunft hatte aufbauen wollen und brutal aus diesem Traum herausgerissen worden war.

Vorbei – endgültig...

Den bitteren Geschmack von Galle hatte ich im Mund und verzog die Lippen.

Das hatte Suko gesehen. Er blieb stehen und sprach gegen den kühlen Wind, der unsere Kleidung blähte. »Hast du was?«

»Ich dachte an Nora Shane.«

»Wie war sie?«

»Sie stand voll im Leben.«

Mein Freund nickte. »Diese verfluchten Bestien. Man sollte sie vernichten...«

»Erst mal finden.«

Mein Freund deutete in die Dunkelheit hinein. Er beschrieb dabei mit der Hand einen Bogen und zeichnete eine dunkle Wand nach, die Grenze eines im Halbkreis gewachsenen Waldstücks.

»Da könnten sie sich versteckt halten. Das wäre auch zeitlich für sie zu schaffen gewesen.«

»Ich denke auch.«

Wir gingen weiter.

Es war so wie immer. Wenn man in der Nacht sich auf ein Ziel zu bewegt, hat man leicht den Eindruck, dass dieses Ziel nie näher kommen würde.

Auch uns kam es vor, als wäre das Waldstück meilenweit entfernt. Eine dunkle, schaurige Insel, gefüllt mit etwas Geheimnisvollem, an das wir nicht herankamen.

Dort rührte sich auch nichts.

Nur der Wind, der einzige Bote, der uns aber keine Nachricht zurückbringen würde.

Nach einigen Minuten hatten wir dann das Gefühl, es bald geschafft zu haben.

Und es passierte etwas.

Zunächst merkte ich es, denn mein Kreuz strahlte plötzlich die Blitze in alle vier Richtungen hin ab.

Sofort blieb ich stehen.

Bevor Suko eine Frage stellen konnte, deutete ich auf meine Brust. Er verstand und nickte.

Beide warteten wir ab.

Ich hob die Arme, tastete über meinen Hals und fand die schmale Silberkette, an der das Kreuz hing. Vorsichtig zog ich es hoch, ließ es für einen Moment auf meinem Handteller liegen und drehte es so, dass auch Suko es anschauen konnte.

Das Kreuz war zwar normal geblieben, aber sein Flimmern zeigte an, dass es etwas aufspürte. Besonders an den vier Enden, wo sich die Buchstaben befanden, zuckte Licht hin und her, blieb aber auf das Kreuz beschränkt und löste sich nicht.

Suko wartete vergeblich auf meine Erklärung. Schließlich fragte er danach.

Ich hob die Schultern. So allein auf dem flachen Feld kamen wir uns irgendwie verloren vor. »Ich kann es dir nicht sagen. Manche würden meinen, dass die Luft mit Elektrizität gefüllt ist. Ich sehe das anders. Diese hier ist mit Magie gefüllt.«

»Die auch ein Zentrum hat.«

»Ja, den Wald…«

Meine Stimme versickerte. Beide drehten wir uns um und schauten wie auf einen geheimen Befehl in die entsprechende Richtung, wo dieser dunkle Saum lag.

Er kam uns noch dunkler vor als die übrige Landschaft und schien von irgendetwas eingepackt zu sein.

Die Stille war da. Selbst der Wind wehte kaum noch. Die Luft drückte wie eine Bleiwand.

Als ich vorging, raschelte das Gras lauter als sonst um meine Füße. Ich ließ den Wald nicht aus den Augen, und Suko schaute ebenfalls in die Richtung.

Dort tat sich etwas.

Wenn es Lücken zwischen den Bäumen gab, waren sie jedenfalls so klein und eng, dass wir nicht hindurchschauen konnten. Die Bewegung war auch mehr zu ahnen.

Etwas blitzte auf!

Kurz nur, als hätte jemand eine Taschenlampe ein- und sofort wieder ausgeschaltet.

Aber das Blitzen blieb, es stieg an, es gewann sogar an Höhe, und plötzlich war es über den Bäumen.

Ich hielt den Atem an.

Für einen Moment überfiel mich der Eindruck, eine große Münze zu sehen, die in die Höhe geworfen worden war und sich dabei um die eigene Achse drehte.

Dann fiel sie zurück.

Es wurde wieder dunkel…

Wir waren nicht stehen geblieben und vorgegangen. Suko und ich wussten, dass etwas Entscheidendes bevorstand. Der Zufall hatte uns zur richtigen Zeit kommen lassen.

Und dann geschah das Fantastische, das Unerklärliche. Als wäre der Wald als Hindernis kaum vorhanden, wuchs zwischen ihm und den Bäumen etwas hervor.

Etwas Großes, Kantiges, Mächtiges, das mich zuerst in seinen Umrissen an eine Kirche erinnerte.

Damit hatten die alten Atlanter nichts im Sinn gehabt. Und es war auch keine Kirche.

Die Schattenburg entstand…

*

Der Weißbärtige hetzte durch die Dunkelheit. Er ging so schnell, dass es schon aussah, als würde er fliehen, und die beiden Werwölfe hatten Mühe, ihm auf den Fersen zu bleiben. Zudem mussten sie sich noch mit den Gefangenen abgeben, die sie eisern festhielten und die für sie so etwas wie Geiseln und Nahrung zugleich darstellten. Sie trauten sich jedoch nicht, die Menschen zu töten, denn das war ihnen strengstens verboten worden, und der Weißbärtige besaß Macht über sie.

Sein Ziel war der Wald!

Er wuchs aus dem flachen Gelände hoch, er war wie eine Mauer und eine Zuflucht zugleich. Der Wind spielte mit dem frischen Laub, kräuselte es und ließ es manchmal aussehen wie ein Meer, das seinen Platz zwischen Erdboden und Wolken gefunden hatte.

Die Morlands bekamen kaum etwas mit. Sie waren zwar nicht bewusstlos, befanden sich aber doch in einem Zustand, der von dem erwähnten nicht zu weit entfernt war.

Sie fühlten sich wie zwischen Tag und Traum, merkten, dass sie weitergezerrt wurden, aber sie waren nicht in der Lage, die Umgebung wahrzunehmen. Sie hingen beide über die Schultern der Bestien, Kopf und Arme nach unten gestreckt.

Die Werwölfe gingen, und beinahe bei jedem Schritt fingen sie an zu schaukeln, wobei sich diese Bewegungen auch auf die beiden Opfer übertrugen. Mit den Gesichtern glitten sie über das raue Fell, das an einigen Stellen verfilzt war und zudem widerlich roch.

Für den Weißbärtigen war der Wald wichtig. Er hatte lange genug Zeit gehabt, um ihn vorzubereiten. Er gehörte zu seinem Plan, es war die Stelle, wo er die Schattenburg wieder auferstehen lassen wollte, denn nur so konnte Semerias sein Reich verlassen und mit der Kraft der Werwölfe agieren. Es war alles wunderbar gelaufen. Er hatte die beiden Personen gefunden, die damals schon gelebt und ihm gedient hatten. Und er hatte zwischen ihnen als Hohepriester gestanden. Aus den Tiefen einer nicht fassbaren Zeit war die Erinnerung hochgestiegen. Er wusste jetzt, wo damals alles abgelaufen war, und er wusste, wie es auch weiterhin ablaufen würde. Nichts konnte ihn mehr aufhalten.

Zielsicher fand er den Weg. Was aus der Ferne zunächst wie eine dunkle, undurchdringliche Wand ausgesehen hatte, entpuppte sich aus der Nähe gesehen als normales Waldstück, in dem zwar das Unterholz eine Barriere bildete, die jedoch von einigen Pfaden durchschnitten war, sodass der Wald normal betreten werden konnte.

Das tat der Weißhaarige.

Die beiden Bestien folgten ihm. Mit ihren Pranken brachen sie quer wachsende, störende Äste ab, und sie blieben ihrem Führer dicht auf den Fersen.

Der Wald lag in tiefster Dunkelheit. Sie verbarg alles, ließ kaum die Konturen eines Baumes klar hervorstechen. Der Mond glotzte als großes Auge auf ihn nieder. Wenn der Weißhaarige in die Höhe schaute, sah er ihn als schwaches Etwas durch den Wirrwarr der krumm und schief gewachsenen Äste schimmern.

Er erreichte eine Lichtung.

Sie war nicht von der Natur selbst hinterlassen worden. Ein Mensch hatte sie geschaffen. An den Ästen und Zweigen glänzten noch die hellen Stellen, wo sie abgeschlagen worden waren. Ein Werk des Weißhaarigen, der nichts dem Zufall überließ.

Er blieb stehen und drehte sich dann um.

Die Werwölfe gingen auch noch die letzten Schritte.

»Lasst sie fallen!« Seine Stimme klang dünn, aber trotzdem hart, und die Bestien gehorchten.

Ann und Fred Morland rutschten von ihren Schultern. Sie drehten sich noch in der Luft und schlugen mit den Rücken auf. Keinen störten die dumpfen Geräusche.

Der Weißbärtige umkreiste die beiden einmal, dann nickte er. »Ihr werdet sie bekommen«, sagte er. »Es kann nichts mehr schief gehen, doch zuvor muss der alte Zauber seine gesamte Kraft entfalten. Wir sind gekommen, um Atlantis herzuholen. Ich bin den Spuren der Vergangenheit nachgegangen, ich habe die beiden Personen gefunden, die damals schon Werwölfe gewesen sind und in dieser Zeit wiedergeboren wurden, denn auch der große Wegweiser hat überlebt. Es ist die Münze gewesen, das Zeichen des Götzen Semerias, sein Gesicht, seine Kraft, die in der Münze gespeichert wurde. Das alles hat überlebt, das alles hat nichts von seiner alten Stärke verloren, was wir nun beweisen werden.«

Er war auf der Mitte der Lichtung stehen geblieben. Noch einmal schaute er gegen die kalten Augen seiner Helfer, bevor er die rechte Hand in die Manteltasche steckte.

Er holte die Münze hervor.

Noch zeigte er sie nicht, ließ sie in der geschlossenen Faust, atmete durch die Nase – und schleuderte die Münze hoch.

Was nun begann, war eigentlich ein normaler Vorgang. Die Münze flog in die Luft, sie überschlug sich einige Male, sie schien zu tanzen, sie glitt noch höher, aber sie tat es mit einer Geschwindigkeit, die nicht normal war.

Jemand schien die Zeit manipuliert zu haben, denn sie lief wesentlich langsamer ab.

Ein Zeitlupentempo war es, denn einen anderen Ausdruck konnte man dafür nicht finden.

Die goldene Münze gewann noch immer an Höhe. Sie überschlug sich, sie blitzte, die strahlte Reflexe ab, ihr Funkeln huschte über das Blattwerk und gab ihm einen goldenen Schimmer, und es sah so aus, als wollte sie zumindest die Höhe der höchsten Bäume erreichen.

Dort kippte sie noch einmal und blieb für einen Moment in der Luft stehen, als würde sie an einem Faden hängen, den jemand aus dem Unsichtbaren heraus führte.

Dann fiel sie.

Und diesmal drehte sie sich nicht. Wie ein Stein sackte sie nach unten und landete dort, wo sie in die Höhe geworfen worden war. Direkt vor den Füßen des Weißbärtigen.

Mit dem Abdruck des Götzen nach oben blieb sie liegen.

Nichts geschah – noch nicht…

Als sich die beiden Bestien bewegen wollten, breitete der Weißbärtige rasch seine Arme aus.

Sie blieben stehen.

Dunkelheit umgab sie. Die Schatten waren dicht wie Vorhänge, die sich überall ausgebreitet hatten, nur an einer Stelle nicht. Und zwar dort, wo die Münze lag.

Diese Umgebung zeigte einen hellen Schein, den die runde Münze abstrahlte.

Der Boden wirkte wie vergoldet, auch das spärlich wachsende Gras schimmerte so.

Die Kraft war nicht zu leugnen. Sie hielt den runden Gegenstand voll und ganz erfasst, doch sie musste nur noch erweckt werden, damit sie sich befreien konnte.

Der Weißhaarige umschritt sie. Er bewegte sich dabei wie eine Pantomime, überzeichnet, als wollte er gleichzeitig eine Botschaft abgeben. Diese drang aus seinem Mund.

Er redete mit einer leisen Stimme, und er sprach die

Münze direkt an, denn er hielt seinen Kopf gesenkt, den Blick starr auf den runden Gegenstand gerichtet.

Seine Augen leuchteten, die Lippen zuckten, sogar die Nasenflügel bewegten sich.

Dann streckte er seine Arme vor und bewegte die Hände, wobei er zusätzlich die Finger spreizte und geheimnisvolle Zeichen in die Luft malte.

Die Münze reagierte.

Diesmal blitzten die Augen des eingravierten Götzen nicht auf, dafür hob die Münze vom Boden ab.

Nicht sehr hoch, höchstens für die Länge einer Hand. Aber sie stieß etwas aus.

Ein bösartig klingendes Zischen drang aus dem runden Gegenstand hervor. Als hätte jemand stark ausgeatmet, der wilde, unheimliche Atem eines Monsters.

Das war das Zeichen!

Etwas geschah.

Es war kaum sichtbar zunächst, aber es veränderte die Umgebung doch radikal.

Die Luft und das Mondlicht schienen sich zu verändern und gingen gleichzeitig eine Symbiose ein. Sie schufen etwas, das zuvor nicht da gewesen war. Es konnte kaum erklärt werden, es war auch kaum zu sehen und schien aus gläserner Magie zu bestehen, die die vorhandenen Proportionen in der Umgebung der Lichtung verschob.

Das Dunkel zwischen den Bäumen hatte Gestalt angenommen. Eine mehr zu ahnende gläserne Form, bestehend aus Scheiben, Winkeln und zahlreichen Ecken sowie Kanten.

Es war etwas entstanden!

Etwas Eigenartiges, Fremdes, etwas Neues, nur sehr schwach, aber durchaus vorhanden.

Mehr zu fühlen als zu sehen, ein geheimnisvolles Bauwerk, dunkel und fahl zugleich, in dessen Mitte die Münze lag, die jetzt wieder zu Boden gefallen war.

Noch immer mit dem Gesicht des Götzen nach oben.

Dieser widerliche Schädel, kantig an seinen äußeren Rändern, im Innern jedoch verzerrt zur Fratze, die alle Bösartigkeit ausstrahlte, die sich der Mensch nur vorstellen konnte.

Und die Fratze löste sich.

Zuerst zitterte die Münze, als wollte sie sich schütteln. Dann tickte sie noch einmal hoch, und im nächsten Moment fiel sie wieder herunter, ohne dass sie eine Gravur zeigte.

Die hatte sich längst gelöst und schwebte bereits den Kronen der Bäume entgegen.

Sie wurde von keinem Geräusch begleitet, sie huschte in die Höhe, aber sie verdichtete sich dabei immer mehr, und sie sorgte auch dafür, dass sich in der Umgebung der Lichtung einiges veränderte. Die Bäume waren kein Hindernis. Zwischen und in ihnen wuchsen die gläsernen Mauern hervor, die so dunkel wie schwarzer Staub waren, als bestünden sie aus »gefrorenen« Schatten.

Ein mächtiges Bauwerk bildete sich und kletterte allmählich in die Höhe. Inmitten des Waldstücks entstand die Frontseite einer Burg mit einem großen Portal und zwei Türmen an den Seiten, die über dem Portal durch eine Mauer miteinander verbunden waren.

Die Schattenburg!

Semerias' Schattenburg, seine Heimat, die er beherrschte, denn über ihr schwebte plötzlich sein Gesicht, das sich von der Münze gelöst hatte.

Es war eine widerliche Götzenfratze mit einem großen Maul, runden Augen, einer breiten Stirn. Das blasse Gesicht eines Menschen, doch wer genau hinschaute, dem entgingen nicht die leicht tierischen Züge, die sich auf der Fratze abzeichneten.

Es waren die Züge einer Bestie, eines Werwolfs. Noch in einem Zwischenstadium, als hätte die Verwandlung erst begonnen, um dann für eine Weile zu stoppen.

Aber es war Semerias!

Nicht mehr nur auf der Münze, sondern jetzt so, wie er auch damals in Atlantis bekannt gewesen war, eben als Herrscher der Schattenburg, in die er wieder zurückgekehrt war.

Tausende von Jahren mussten vergehen, um endlich dieses Geheimnis wieder in die normale Welt zu bringen.

Der Weißbärtige hatte den Vorhang mit flackerndem Blick verfolgt. Er selbst zitterte ebenfalls, denn es war etwas geschehen, das seine kühnsten Träume zur Wahrheit hatte werden lassen.

Semerias und die Schattenburg. Der alte, geheimnisvolle Platz war wieder erstanden.

Wie damals…

Wie in Atlantis!

Noch befanden sie sich im Wald. Die Bäume waren zu sehen, aber sie störten nicht mehr. Sie schienen zur Seite geschoben worden zu sein und waren gleichzeitig in eine andere Dimension gerückt, zwar noch sicht-, aber nicht mehr fühlbar.

»Semerias!«

Der Weißhaarige rief den Namen voller Ehrfurcht aus, und seine Stimme veränderte sich, kaum dass das erste Wort seine Lippen verlassen hatte. Sie blieb nicht mehr so, sondern nahm an Lautstärke zu, veränderte sich zu einem Echo, das durch den Wald tanzte und an den Glaswänden gebrochen wurde. Die Stimme klang klar und hart, auch irgendwie gläsern, als würde der Sprecher in einer gewaltigen Halle stehen.

Er hatte seinen Blick in die Höhe gerichtet, um in Semerias' Fratze schauen zu können.

So wartete er auf eine Antwort.

Und er bekam sie.

Der Götze sprach. Sein breites Maul bewegte sich dabei ebenso wie der dünne Flaum auf seinen Wangen.

»Ich bin wieder da. Ich bin gekommen, um mich zu zeigen und mich meinen Feinden zu stellen.«

»Das weiß ich.«

In den runden Glotzaugen leuchtete es für einen Moment grünlich auf. »Hast du meine Befehle befolgt?«

»Ja, das habe ich.«

»Sind meine Feinde unterwegs?«

»Ich hoffe es.«

»Hast du sie gelockt? Hast du sie neugierig gemacht?«

»Ich habe es versucht.«

»Dann werden sie auch kommen.«

Der Weißbärtige nickte. »Du brauchst dich nicht zu

sorgen, Semerias. Es wird alles so geschehen, wie wir es uns vorgestellt haben. Du hast nichts von deiner Kraft verloren. Die lange Zeit hat dir nicht geschadet, denn du warst in der Münze verborgen wie wertvolles Geschmeide in einer Schatulle. Es hat lange gedauert, bis ich es finden konnte, aber wenn die Spur einmal gelegt wurde, auch wenn es Tausende von Jahren her ist, dann kann sie niemals verlöschen. Dann wird sie einfach bleiben, verstehst du? Dann muss man sie nur suchen. Ich spürte, dass deine beiden ersten Diener wiedergeboren sind. Ich suchte sie lange, ich habe sie gefunden, und du hast sie allein durch deine Kraft von ihrem Menschsein erlöst. Jetzt sind sie das, was sie einmal nach ihrer Erstgeburt in Atlantis gewesen sind – Werwölfe. Und ich fand auch die Münze, denn sie gehörte dem zweiten Vater der Nora Shane. Das Schicksal hat sie zu ihm geführt, damit ich die Spur finde. Ich nahm sie ihm ab, und ich beeinflusste seine Tochter, während ich gleichzeitig nach Krystos forschte, dem zweiten Werwolf, der mit dir zusammen den Grundstock damals hatte bilden sollen.«

»Das weiß ich alles!«, echote es zurück. »Aber es kam nicht mehr dazu. Ich konnte mir keine Armee aufbauen. Jemand trat mir in den Weg und bannte mich.«

»Es war Kara.«

Das Fratzengesicht zuckte, als würde es von wilden Erinnerungsströmen durchweht. »Mir ist bekannt, dass auch diese Person den Untergang überlebt hat, wenn auch anders als ich. Sie brauchte nicht wiedergeboren zu werden, aber sie hat sich Verbündete holen können, und die müssen getötet werden, bevor ich mein Reich wieder ausbaue.«

»Sie wissen Bescheid. Es sind zwei Männer. John Sinclair und Suko. Sie jagen Dämonen, sie wollen nicht, dass wir uns ausbreiten, aber sie werden sich verrechnet haben.«

Der Kopf nickte. »Doch auch sie weiß Bescheid.«

»Kara?«

»Ja!« Plötzlich erschienen zwei Pranken und legten sich von verschiedenen Seiten gegen den Schädel, als wollten sie ihn zerdrücken. »Ich habe es genau gespürt. Sie weiß sehr gut Bescheid, das hasse ich. Ich hasse es einfach, dass sie...«

»Kann sie den Weg finden?«, fragte der Weißbärtige.

»Das musst du doch wissen. Du bist damals mein erster Diener gewesen. Du hast versucht, sie zu stoppen, aber sie war stärker. Du hast ihren Vater Delios gekannt, du hast sogar in seinem Haus gelernt, bis er dich verstieß und du zu mir gefunden hast. Wenn sie es schafft, die Distanz zu überbrücken und hier zu erscheinen, bist du mir dafür verantwortlich, dass sie vernichtet wird. Ich will nicht noch einmal, dass sie mich stört. Alle Feinde sollen vernichtet werden, schon zu Beginn. Nur aus dem Grunde habe ich dafür gesorgt, dass die beiden Männer Bescheid bekamen, um sich auf meine Fährte zu setzen.«

Der Weißhaarige breitete die Arme aus. »Es wird alles so geschehen, wie du es willst. Ich habe die Münze gefunden. In ihr war die Magie konzentriert. Jetzt bist du frei, die Schattenburg ist entstanden, wo auch die ersten

Wölfe, die es überhaupt in Atlantis gab, geboren wurden. Du kannst glücklich sein, und ich habe auch zwei Opfer für die Bestien geholt, damit diese Burg durch ihr Blut getränkt wird. Das alles war abgesprochen, ich habe es eingehalten. Atlantis ist nicht tot, du bist nicht tot, der alte Zauber wird weiterleben.«

Nach dieser verhältnismäßig langen Rede legte er eine kurze Pause ein. Auch der Weißhaarige musste sich erholen, er musste Zeit gewinnen für die weiteren Aktivitäten.

Es war auch Zeit vergangen, und die beiden Morlands hatten sich erholen können.

Sie lagen auf dem feuchten Waldboden. Von den Veränderungen hatten sie kaum etwas mitbekommen. Sie ahnten bestimmt nicht, dass sie in einer Schattenburg lagen.

Aber sie waren wieder erwacht, sie waren wieder bei Sinnen, und sie hatten zuhören können.

Fred Morland fand als Erster die Sprache wieder. Er hatte sich zuvor umgeschaut und festgestellt, dass seine Frau sehr dicht neben ihm lag. Wenn er sie ansprach, reichte auch ein Flüstern.

»Ann…«

Sie zuckte zusammen, als hätte sie einen Schlag erhalten.

»Bitte, Ann, rühr dich nicht! Bleib ruhig liegen. Tu so, als wäre alles okay.«

»Ja – ja!«, stieß sie hervor.

»Hast du alles gehört?«

»Nein.«

Fred schluckte. Himmel, er wusste nicht, wie er jetzt weitermachen sollte. Er spürte den Schweiß wie Klebstoff an seinem Körper. Es juckte überall auf der Haut, aber er traute sich nicht, die Hand zu heben und sich an einer Stelle zu kratzen.

Die Furcht war größer.

»Sie werden uns töten wollen…« Ann hatte sich überwunden und endlich gesagt, was sie dachte. »Ich weiß nicht, wer die Bestien sind, aber sie werden uns vernichten.«

»Werwölfe«, sagte er.

Ann versteifte. Sie bewegte ihre Augen, sie holte durch die Nase Luft, sie spürte den Schauder, sie wollte es nicht glauben, sie konnte es auch nicht.

»Die – die gibt es nicht.«

»Doch, es gibt sie. Ich habe es bisher auch nicht gewusst, aber schau sie dir an, dann weißt du es. Die Werwölfe existieren, sie sind nicht nur das Produkt schauriger Märchen und Legenden. Damit musst du dich abfinden, Ann. Glaub mir.«

Sie schwieg und konzentrierte sich auf ihre Angst. Es war etwas, das sie in dieser Form nicht kannte. Okay, ein Mensch hatte immer wieder mit seiner Angst zu kämpfen, denn ein Leben ohne Angst war überhaupt nicht vorstellbar, aber Gefühle wie sie in diesen Augenblicken erlebte, konnte sie kaum nachvollziehen.

Die waren einfach anders, die waren nicht zu fassen, die hatte sie noch nie erlebt. Bei der normalen Angst gelang es ihr immer wieder, über einen Ausweg nachzudenken, da konnte sie das Gefühl kanalisieren und sich vornehmen, das und das machst du. Wenn du das dann geschafft hast, ist auch die Angst besiegt.

Nicht hier.

Vielleicht lag es auch an der Situation, die sie einfach nicht begreifen konnte. Sie und ihr Mann waren in eine Welt gezerrt worden, die sie nicht verstand.

Da mischten sich Zeiten, da kroch die Vergangenheit in die Gegenwart hinein. Was damals, vor Tausenden von Jahren verschwunden war, das erschien plötzlich wieder in einer leicht veränderten Form. Bisher hatte sie angenommen, dass alles, was einmal gewesen war, nicht mehr zurückkehrte. Tot und begraben – fertig.

Doch so lief das nicht.

Nun erlebte sie den Seelen-Terror, diesen kalten Schauder, dieses andere, das sie überflutete.

Nach dem Gespräch mit ihrem Mann hatte sie die Augen wieder geschlossen, als wollte sie sich dieser für sie furchtbaren Welt entsagen. Aber es gab keinen rettenden Schutzengel, der sie in die Arme nahm, hochhob und einfach wegtrug.

Sie musste bleiben.

Und sie spürte die Kälte, die durch ihre Glieder kroch wie die Boten eines nahenden Todes.

Etwas bewegte sich neben ihr. Ann hatte es nicht gesehen. Dann strich eine leichte Berührung an ihrer Hüfte entlang und ließ sie zusammenschrecken.

Ann öffnete die Augen!

Der Schrei blieb in ihrer Kehle stecken, obwohl sie den Mund bereits geöffnet hatte.

Eine der Bestien war nahe an sie herangetreten, schaute auf die herab.

Die Schnauze war offen.

Sie sah die beiden gelblichen Zahnreihen, zwischen denen der Geifer wie Leim klebte. Sie schaute auch in den Rachen hinein, wo sich dieser Speichelgeifer bewegte und kleine Blasen gebildet hatte. Der Rachen der Bestie glich einem Tunnel, der in einen unheimlich tiefen Schlund führte, aus dem es kein Zurück mehr gab.

Die Angst war wie eine große Zange. Ann erwartete, dass sich der Werwolf im nächsten Augenblick auf sie stürzen und sie zerreißen würde. Noch wartete er ab, aber seine Pranken waren bereits gekrümmt, um zupakken zu können.

Dann kam der Weißbärtige. Er bewegte sich langsam über den Boden und dennoch klangen seine Schritte innerhalb dieser unheimlichen Schattenburg nach, als bestünden sie nur noch aus fernen Echos.

Er sprach mit den Bestien und lenkte sie zunächst von den beiden Morlands ab.

Seine Worte erinnerten Ann an ein Gebet. Sie wurden langsam und betont ausgesprochen, und er deutete mit dem ausgestreckten rechten Zeigefinger in die Höhe.

»Dort oben ist euer Gebieter. Seht den Götzen, seht Semerias. So hat er auch schon vor langer Zeit auf euch niedergeschaut, denn ihr wart bereits damals seine ersten Geschöpfe. So wie ihr jetzt zu Werwölfen geworden seid, so ist euch das Gleiche schon einmal passiert, nur tief in der Vergangenheit begraben, die nicht tot war, sondern konserviert wurde, um sich jetzt wieder zu zeigen. Könnt ihr euch noch an die ersten Opfer erinnern, die ihr damals gerissen habt?«, sprach er die Bestien jetzt direkt an und lauerte auf eine Antwort.

In der Schattenburg trat Ruhe ein. Die Werwölfe starrten sich an. In ihren kalten Raubtieraugen glänzte kein Funke der Erinnerung. Es war so, als hätte der Weißbärtige ins Leere gesprochen.

»Nein?«, fragte er.

Ein drohendes, sich auch hungrig anhörendes Knurren war die einzige Antwort, die er erhielt.

Um seine Lippen zuckte es. Er streckte den Arm Ann Morland entgegen. »Dann nehmt sie. Zeigt eurem Herr und Meister, dass ihr nichts verlernt habt. Reißt das Opfer in Stücke!«

*

Es trat genau der Augenblick ein, auf den Fred zwar nicht gerade gewartet hatte, der aber hatte kommen müssen. Und er hatte auch versucht, sich darauf vorzubereiten.

Er rollte sich herum, die Bewegung setzte er durch eine andere fort und schnellte dabei auf die Füße.

Er wollte es nicht, aber der Schrei jagte trotzdem aus seiner Kehle. So musste er sich Luft verschaffen und seinen verfluchten Frust in die Schattenburg hineinbrüllen.

Mit dieser Aktion hatte er den zweiten Werwolf überrascht. Bevor dieser zupacken konnte, war Fred ihm entwischt und griff die Bestie an, die sich auf Ann stürzte.

Er war um eine Idee schneller.

Der Werwolf hatte sich zu sehr in Sicherheit gewiegt,

und die Bestie, die einmal Nora Shane gewesen war, bekam von der Seite her einen Rammstoß, der sie von ihrem Opfer wegtrieb und sie straucheln ließ.

Fred bückte sich.

Er riss seine Frau hoch, er schrie sie an und wusste selbst kaum, was er sagte. Jedenfalls sprach er irgendetwas von Flucht, wegrennen, in den Wald eintauchen und ein Versteck finden.

Ann wunderte sich, wie schnell sie handelte. Sie überließ es nicht nur ihrem Mann und schaffte es sogar aus eigener Kraft, auf die Beine zu gelangen, auch wenn er sie unterstützte.

Dann rannten sie.

Sie hetzten weg, sie schrien, und ihre Schreie wurden zu schrecklichen Echos, die klirrend durch die Schattenburg hallten.

Beide wussten nicht, wo sie hinrannten. Es waren Grenzen da, aber sie verschwammen, sie bestanden aus nichts anderem als verzerrten Perspektiven. Da waren die Bäume nicht mehr als solche zu erkennen, sondern als steife Gewächse, die in das Glas hineintauchten, sehr nah waren und doch so fern.

Es war ihnen nicht klar, dass sie sich auf einer Insel befanden, die aus anderen Dimensionen gebildet wurde. Ein Stück Atlantis war in die Dimension der Gegenwart eingedrungen und hatte sich hier den nötigen Platz geschaffen.

Sie rannten, sie keuchten, sie hielten sich an den Händen, als wollten sie nach all den Jahren gemeinsam sterben.

Nach der ersten Aktion waren nur noch Sekunden vergangen, aber den beiden war das Zeitgefühl verloren gegangen. Sie wussten nicht einmal, ob sie von der Stelle kamen, denn sie hatten den Eindruck, als würden sie ständig ins Leere treten.

Konnten sie es noch schaffen?

Hinter ihnen formierten sich die beiden Bestien. Über ihnen schaute die widerliche Tier-Mensch-Fratze des Semerias schon vergnüglich, denn er wusste, dass die Chancen verflucht klein waren, dieser Schattenburg zu entkommen.

Nein, sie waren überhaupt nicht da, denn er hatte die Grenzen gesetzt – für normale Menschen, die sich darauf konzentrierten, zwischen den Bäumen zu verschwinden und sich ihren Weg durch das Unterholz zu bahnen, nicht sichtbar.

Und so rannten sie, sahen die Äste, als wollten sie nach ihnen greifen, um sie aufzuhalten. Sie hätten schon längst die Schläge gegen ihre Körper und ihre Gesichter spüren müssen, aber die Bäume waren nicht existent, obwohl die Morlands sie sahen.

Diese Welt konnte von ihnen nicht begriffen werden. Sie war einfach zu anders.

Dimensionen hielten sie gefangen und trieben ein grausames Spiel mit ihnen, das Semerias befehligte. Wenn er wollte, wurde die Jagd beendet, aber noch hatte er seinen Spaß, denn beide Flüchtlinge merkten nicht, dass sie im Kreis liefen.

Obwohl sehr gut sichtbar, kamen sie in dieser Dimensionsinsel nicht zurecht, sie ließ keinen Ausweg zu, und sie merkten plötzlich, wie grausam mit ihnen gespielt wurde.

Ann bekam zuerst schwere Beine.

Ihr Mann hörte sie jammern. Er hielt sie noch an der Hand, aber sie unterstützte ihn nicht mehr. Es war ihm, als würde sie sich seinem Griff entreißen wollen.

»Ich – ich kann nicht mehr…« Ann würgte die Worte hervor, als müsste sie sich im nächsten Moment übergeben.

Ihr Körper wurde für Fred zum Klotz, den er nicht mehr halten konnte. Fred konnte nicht anders, auch er geriet ins Stolpern, aber er wollte seine Frau nicht loslassen, weil er sich sonst wie ein Schuft vorgekommen wäre.

Beide fielen hin.

Fred hatte dabei den Eindruck, als würden sie verlangsamt fallen und als würde ein Teil von ihm einfach fortschweben. Er fiel bäuchlings hin, hörte einen Laut des Jammers, dann rutschte auch seine Frau zu Boden, und ihre Hände lösten sich voneinander.

Fred empfand dies wie ein Signal, das ihm zeigte, dass sein Weg jetzt beendet war.

Dennoch rollte er sich herum.

Zwei Werwölfe rissen ihn und Ann hoch. In einer Zickzack-Bewegung wurde er auf die Füße gezerrt, und aus einem Maul huschte die graurote Zunge wie ein langer Lappen.

Sie klatschte quer über sein Gesicht, hinterließ dort eine gelbe Geiferspur auf der Haut, die wie ein schlechtes Rasierwasser brannte. Der Werwolf drehte sich um und zerrte Fred mit.

Auch Ann war herumgewirbelt worden.

Beide krachten zusammen.

Bei Ann gaben die Knie nach. Sie sackte wieder zu Boden, wurde mitgeschleift und sah nicht, was mit ihrem Mann geschah, der auf dem Fleck stand und sich nicht rührte.

Fred Morland hatte etwas gesehen!

Ob nah oder fern, das konnte er nicht beurteilen. Jedenfalls war es keine Täuschung, denn die beiden Männer standen so nah, als würden sie ihn ihm nächsten Moment berühren...

*

Noch Minuten zuvor war der Wald völlig normal gewesen. Das konnten wir nun vergessen.

Er hatte sich verändert. Ein Gebäude wie aus dunklem Glas war aus ihm hervorgewachsen, aber wir hatten noch mehr gesehen, dies allerdings nur bei genauem Hinschauen.

Eine gewaltige Kugel schien Bäume und Unterholz zur Seite geschoben zu haben, nur um in die Höhe zu steigen und die Schattenburg umfassen zu können.

Eine Kugel, die durchsichtig war, die aus grauem Rauchglas bestand, die diese Welt inmitten der unseren genau begrenzte.

Ob über oder in ihr das Gesicht schwebte, war für uns nicht genau erkennbar. Jedenfalls war es eine Fratze, und wir hatten sie nie zuvor gesehen. Trotzdem wussten wir, wen oder was diese Fratze darstellen sollte.

Das war Semerias!

Das war der Götze, und wir wussten beide nicht, ob er sich als Mensch oder Tier zeigte.

Er hatte etwas Ähnlichkeit mit einem Werwolf. Seine Haut schimmerte grau, zeigte aber auch einen Stich ins Gelbliche. Das offene Maul wirkte wie ein gefährlicher Tunneleingang, in dem alle Schrecken der Welt verborgen lagen.

Die Augen waren düstere Kugeln und sehr dunkel. Wegen der hellen Haut auch für uns gut erkennbar, aber ohne Brauen, denn dort, wo sie eigentlich hätten wachsen müssen, wuchs etwas anderes auf der Haut. Wie ein dünner Flaum, der sich aus unzähligen Härchen zusammensetzte. Diese wuchsen so dicht, dass sie schon einen Pelz bildeten.

Das war für mich das Zeichen für den Werwolf. Vielleicht war er einmal ein Mensch, der sich in die Bestie verwandeln konnte, dessen Metamorphose auf halbem Weg gestoppt wurde.

Nicht Mensch, nicht Wolf, ein Zwitter – so stellte sich uns der erste Werwolf des alten Atlantis dar.

Trotz der unnatürlichen Situation und obwohl wir wenig Zeit hatten, zeigten wir uns schon beeindruckt, denn ihn hatten wir noch nie zuvor zu Gesicht bekommen.

Vielleicht war es auch erst ein Versuch gewesen, die Werwölfe entstehen zu lassen. Ein Versuch, der noch nicht ganz geklappt hatte. Die Metamorphose war unterbrochen worden, wahrscheinlich durch irgendein Ereignis, über das uns höchstens Atlantis selbst hätte Auskunft geben können.

Trotzdem, die Fratze des Semerias war schlimm. Nicht Tier, nicht Mensch.

Keiner von uns wusste, ob uns dieses Gesicht mit den kalten, dunklen Augen bereits gesehen hatte. Der Blick schien ins Leere gerichtet zu sein und war leicht nach unten gesenkt.

»Es ist die andere Welt, John. Es ist die andere Zeit! Das musst du mir glauben…«

»Ja, sicher.«

Suko schaute mich an. In seinen Augen las ich wilde Entschlossenheit. Wir konnten uns weder ein Staunen noch eine Pause erlauben, wir mussten weiter und dachten auch an die Blutspuren, die wir im Wohnmobil und auf dem Parkplatz gesehen hatten.

Da waren Menschen entführt worden, die nun die ersten Opfer der neuen, alten Werwölfe werden sollten, gefangen in der Schattenburg, deren Wände hochgewachsen waren, ohne dass sie von irgendwelchen Bäumen behindert wurden.

Bis zum Waldrand gab es keine Deckung. Wir mussten uns über die freie Fläche bewegen und waren vom Wald aus gesehen sehr gut sichtbar.

Sehr schnell gingen wir durch die Nacht. Der Atem wehte flatternd vor unseren Lippen. Manchmal trat ich in eine Ackerfurche oder hörte das gierige Schmatzen unter meinen Sohlen, wenn ich mal wieder eine zu feuchte Stelle erwischt hatte.

Vor dem Waldrand senkte sich das Gelände und ging in eine flache Böschung über. Die Wand aus Bäumen und holzigem Unterholz schwieg uns an.

Sie war wie eine große Bühne, in die hinein noch eine kleine gestellt worden war.

Eben die Schattenburg.

Und diese wiederum war umgeben von der Kugel. Gleichzeitig eine Dimensionsgrenze, die ein Stück Vergangenheit umfangen hielt.

Würde sie uns aufhalten?

Bei jedem Schritt bewegte sich das Kreuz. Es hing jetzt offen vor meiner Brust, es pendelte von einer Seite zur anderen. Immer dann, wenn es zurückfiel, bekam ich den leichten Schlag mit, der mein Brustbein traf.

Eigentlich hätten uns die dichten Bäume die Sicht nehmen müssen. Wir sahen trotzdem. Ich suchte nach einer Erklärung, die mir jedoch schwer fiel.

Hier war die normale Welt zurückgedrängt worden. Zwar war der Wald noch vorhanden, aber er wirkte wie aufgelöst. Und was dann noch vorhanden war, schien nur noch aus einer Spiegelung zu bestehen, die normale, dreidimensionale Gegenstände nicht aufhielt.

Auch uns nicht.

Was wir zu sehen bekamen, nahmen wir innerhalb weniger Augenblicke auf, diskutierten nicht weiter darüber, sondern konzentrierten uns auf die Bewegungsabläufe.

War der alles beobachtende Semerias noch eine Mischung aus Tier und Mensch, so entdeckten wir zwischen den Bäumen die beiden normalen Werwölfe.

Bestien, die dabei waren, zwei Menschen zu jagen, einen Mann und eine Frau.

Uns war klar, dass dies die beiden Personen aus dem

Wohnwagen waren. Die Werwölfe hatten sie als Opfer mitgenommen, um sie grausam töten zu können.

Das Paar versuchte zu fliehen, doch es war vergeblich. Beide merkten nicht, dass sie diese Dimensionsinsel nicht verlassen konnten.

Dann war es passiert.

Die Frau fiel. Sie zerrte ihren Mann mit, der sie nicht mehr halten konnte.

Plötzlich waren auch die beiden Bestien über ihnen. Sie rissen sie hoch, schleuderten sie gegeneinander, drehten sie herum, und der Mann flog in unsere Richtung.

Ich sah sein Gesicht sehr deutlich, las sogar die Todesangst in seinen Augen und hatte auch den Eindruck, dass er mich sah. Ein stummer Schrei nach Hilfe stand in seinem Gesicht.

Dann fiel der Werwolf über ihn.

Und wir versuchten es.

Gemeinsam gingen wir vor!

*

Es klappte. Kein Hindernis hielt uns auf. Vielleicht hatte das Kreuz für diese Öffnung gesorgt, jedenfalls übertraten wir gemeinsam mit dem nächsten Schritt die Dimensionsgrenzen und auch die Zeiten, sodass wir uns in dieser atlantischen Insel bewegten, die aus reiner Magie geschaffen worden war.

Zwei Menschen befanden sich in höchster Gefahr. Zwei Menschenleben mussten wir retten.

Groß abzusprechen brauchten wir uns nicht. Ich nahm mir die Bestie vor, die sich um den Mann kümmerte,

Suko wollte die andere vernichten. Um es kurz zu machen, zog ich die Beretta.

Der Werwolf hatte den Mann in die Tiefe gedrückt. Er hielt ihn gepackt wie ein Schlachter das Karnickel, der Griff, der sich um den Hals spannte, war hart.

Der Körper war nach vorn gebeugt, die Bestie selbst bot mir ein genügend großes Ziel.

Ich schoss.

Traf die Kugel?

Nein, verdammt, es war alles anders! Der Vergleich fiel mir schwer, aber es sah so aus, als wären plötzlich Hindernisse erschienen, die in einem bestimmten Winkel zueinander standen, sodass die Kugel überall abprallte und dann einen gewagten Zickzack-Kurs einschlug, der sie in die Höhe führte, der Grenze entgegen, wo sie dann irgendwo verglühte.

Damit hatte ich nicht gerechnet und stand für die Dauer eines Atemzugs unbeweglich.

Aber ich hatte trotzdem einen Erfolg erzielt, denn die Bestie war abgelenkt worden. Sie drehte ihren Kopf und starrte mich an.

Unsere Blicke bohrten sich ineinander. Für einen Moment schaute ich in die kalten Augen und konnte nicht herausfinden, wer dieser Werwolf früher einmal als Mensch gewesen war.

Nora Shane oder Krystos?

Ich griff ihn an.

Die Beretta brauchte ich nicht mehr. Mein Kreuz musste es schaffen, und die Bestie glitt zur Seite.

Ich flirrte herum.

Plötzlich hörte ich den Schrei, während Morland neben mir zusammenbrach, sich zu einer Kugel zusammenrollte und den Kopf in den Armen vergrub.

Sehr dicht tauchte die Bestie vor mir auf. Ihre Schnauze stand zum Biss geöffnet.

So wie er früher in Atlantis getötet und seine Feinde zerrissen hatte, wollte er es auch heute tun.

Ich duckte mich, ließ ihn springen und schleuderte ihn mit einem gekonnten Judogriff über die Schulter und meinen Rücken hinweg. So etwas würde mir kein zweites Mal gelingen, und die Bestie versuchte es erneut. Ich hatte mittlerweile die Kette mit dem Kreuz über meinen Kopf gestreift. Aus dem Augenwinkel bekam ich mit, wie sich ein weißhaariger Mann im senfgelben Mantel bewegte. Ich kannte ihn von der Achterbahn her, er hatte ja mit mir geredet.

Der Werwolf sprang.

Ich rammte ihm mein Kreuz entgegen.

Was bei normalen Dämonen aus dem alten Atlantis nicht funktionierte, das geschah hier.

Der Werwolf war der Kraft meines geweihten Kreuzes nicht gewachsen. Vielleicht deshalb, weil er eben ein normaler Dämon war, vergleichbar mit einem Vampir oder Zombie, und kein Dämon, der durch die Magie und die Kraft des alten Kontinents lebte.

Sein Ansturm warf mich nicht nur zurück. Ich fiel auch zu Boden, landete auf dem Rücken, und die Bestie lag auf mir. Gleichzeitig hörte ich das Zischen. Es entstand ungefähr dort, wo sich meine Hand mit dem Kreuz gegen und jetzt in seinen Körper gebohrt hatte, denn die weißmagische Kraft wirkte bei diesem Wesen wie ein Schweißbrenner.

Es brannte ein Loch, eine Wunde, einen tiefen Krater in seinen Körper. Und es zerstörte ihn auf die schrecklichste Art und Weise, die man sich vorstellen kann.

Er brüllte, er keuchte, er produzierte Geräusche, die unbeschreiblich waren.

Sein Maul klaffte auf, sehr weit sogar, die Zahnreihen sahen aus wie gelbe Lanzenspitzen, und aus der Tiefe seines Rachens strömte mir graugrüner Qualm entgegen.

Ich wuchtete meine Beine hoch und rollte ihn zur Seite. Er lag auf dem Rücken, beide Pranken gegen die tiefe Wunde gepresst, als wollte er sich alles aus seinem verdammten Körper herausreißen, was noch in ihm steckte.

Aber er war erledigt.

Er starb.

Ich hatte ihn geschafft!

Ich wollte nicht zuschauen, wie sein Fell verschmorte und sich dann auflöste, denn bisher war mir erst ein kleiner Schritt gelungen. Den weiteren musste Suko getan haben.

Ich drehte mich.

Dabei schaute ich blitzartig in die Höhe, wo die grausame Fratze des Semerias schwebte.

Der Ausdruck darin hatte gewechselt. Zwar strahlte mir noch immer die Grausamkeit entgegen, aber es mischte sich auch ein wilder, ungezügelter Hass in sie hinein.

Mir fiel ein, dass Suko von Kara gewarnt worden war. Sie selbst war damals nicht gegen Semerias angekommen. Der Herr der Schattenburg musste noch über gewaltige Kräfte verfügen.

Ich sah meinen Freund.

Er hatte die Dämonenpeitsche gezogen und belauerte die zweite Bestie. Sie traute sich nicht anzugreifen, wobei nicht feststand, ob sie einen günstigen Zeitpunkt abwarten wollte oder sie sich vor der gefährlichen Dämonenpeitsche fürchtete.

»Suko!«

Er hörte meinen Ruf und drehte den Kopf.

Ich hielt mein Kreuz hoch.

»Okay, John!«

Ich hatte die Bestie abgelenkt, und Suko schlug zu.

Meine Silberkugel war vergebens verschossen worden. Ich war gespannt darauf, ob es die Peitsche schaffen würde.

Suko hatte hart und gewaltig zugeschlagen. Ich rechnete damit, dass die drei Riemen auch treffen würden. Es war alles wie sonst, sie fächerte auch auseinander, aber sie bewegten sich langsam, als wären sie nur leichte, dünne Spinnenarme, die durch die Luft wischten und vom leichtesten Windhauch beeinflusst wurden.

Der Werwolf entkam ihnen mit gleitenden Bewegungen, und die Riemen reagierten ähnlich wie meine Kugel. Sie zuckten von einer Seite zur anderen, als würden sie gegen irgendwelche Hindernisse schlagen, die nur für sie sichtbar aufgebaut worden waren.

Das schrille Heulen der Bestie sollte wohl Triumph

ausdrücken. Sie wollte Suko vom Rücken aus angreifen.

Ich lief dem Werwolf entgegen.

Und ich war verdammt schnell.

Um mich herum aber zuckte es plötzlich. Ich hatte das Gefühl, gegen Hindernisse zu laufen, gegen Glas zu rennen, von irgendwelchen matten Spiegeln abzuprallen, aber das alles konnte mich nicht aufhalten, denn das Kreuz verschaffte mir freie Bahn.

So kam ich an ihn heran!

Die Bestie sah aus, als wollte sie auf Suko zufliegen, denn sie hatte sich schon abgestoßen.

Bevor Suko es schaffte, sie mit einem Tritt zu stoppen, war ich über dem Werwolf.

Ja, es war wie ein Überfall. Ich kam mir selbst vor wie ein Tier, als ich in seinen Rücken sprang und er meinem Druck nicht standhalten konnte. Er fiel, ich rammte ihn zu Boden, als sollte er dort hineingespitzt werden.

Mein Kreuz erwischte seinen Rücken.

Er brüllte, aber der Schall wurde vom Erdreich verschluckt, gegen das ich seine Schnauze gestoßen hatte.

Sein Rücken bekam ein Loch. Der widerlich riechende Qualm drang mir entgegen, er wischte über meine Lippen, auch unter der Nase hinweg, und ich ekelte mich vor dem Gestank.

Aber ich bekam ihn klein.

Als ich mich zur Seite rollte und aufstand, da wälzte auch er sich auf den Rücken.

Es war wie bei einem Vampir. Die Kraft meines Kreuzes hatte dafür gesorgt, dass er sich wieder zurück entwickeln konnte und seinen menschlichen Körper annahm.

Es war der Körper einer Frau…

Ich schluckte, ich spürte den Druck in Kehle und Magen, denn vor mir lag sehr bald die tote Nora Shane.

Sie war in Atlantis ein Werwolf gewesen, hatte dort ihr Leben verloren, war wiedergeboren worden und war nun zum zweiten Mal vor meinen Augen gestorben.

Diesmal für ewig?

Ich wusste es nicht. Ich wollte nur hoffen, dass sie nicht wiedergeboren wurde.

Ich drehte mich um.

Suko war nicht untätig geblieben. Er kümmerte sich um das Paar aus dem Wohnwagen, das mit dem Schrekken und einigen leichten Verletzungen davongekommen war.

»Er ist noch da, John!«

»Danke.« Suko hätte mich nicht erst zu warnen brauchen, ich sah ihn sowieso.

In der Achterbahn war der Weißhaarige zu mir gestiegen, um mich zu warnen oder um mich auf eine Spur zu locken. So genau wusste ich das noch immer nicht.

Jetzt standen wir uns wieder gegenüber.

Und über uns schwebte nach wie vor die hässliche Fratze des Semerias! Er beobachtete nur, hielt sich sehr geduldig zurück und wartete darauf, irgendwann eingreifen zu können.

Noch immer kannte ich den Namen des Mantelträgers nicht. Deshalb fragte ich ihn.

Sein breiter Mund wurde noch breiter, als er lächelte. »Ich bin ein Diener, mehr nicht.«

»Ein Namenloser also.«

»Ja, ich diente verschiedenen Herren, ich habe viel gelernt, auch von Delios, aber ich entschloss mich dann, die Seiten zu wechseln und habe es bis heute nicht bereut.«

»Nein, das kann ich mir nicht vorstellen. Das hier ist doch nicht nach deinen Wünschen gelaufen – oder?«

»Nicht ganz.«

»Was hätte denn anders sein sollen?«

»Ich hätte den beiden die Opfer gegönnt. Ja, sie sollten sie töten. Sie hatten bereits geübt, an einem Mann, der schlief.«

»Danke, den haben wir gefunden. Und sonst ist nichts schief gelaufen?«

»Nein, überhaupt nicht.«

Ich wurde aus seinen Sprüchen nicht schlau. »Aber wir sind da, Alter. Wir sind gekommen, wir werden…«

»Das ist gut.«

»Das verstehe ich nicht.«

Er strich durch seinen Bart. »So war es abgemacht. Ich habe dich bewusst hergelockt. Ich habe nicht grundlos die Spuren gelegt, denen ihr beide gefolgt seid. Ihr solltet zu uns kommen.«

»Gut. Und jetzt sind wir hier. Dein Wunsch hat sich erfüllt. Wie geht es weiter?«

»Semerias hat beschlossen, schon zu Beginn seine größten Feinde zu vernichten. Das wird geschehen. Ihr habt die Schattenburg betreten, hier ist er unbesiegbar.

Ich habe selbst erlebt, wie die Waffen versagten, denn diese Gesetze hier können durch sie nicht gebrochen werden. Wie mächtig Semerias war, wusste schon Kara, als sie gegen ihn zu Felde zog, es aber nicht schaffte, ihn zu vernichten. Er ist immer stärker gewesen, er wird auch stärker bleiben. Sie hat versucht, den Verrat an ihrem Vater zu stoppen, es gelang ihr nicht, denn andere Kräfte waren schneller. Die schaffte es nicht, in diese Welt einzudringen, der Weg ist ihr verbaut. Er war ihr schon damals verbaut.«

»Das scheint mir auch so.«

Der Weißbart hob die Schultern. »Auch wenn die ersten beiden Werwölfe nicht mehr existieren, wird sich doch in der nächsten Zeit einiges ändern. Wir werden neue Wege finden, um an unser Ziel zu gelangen. Semerias ist von dir nicht zu besiegen, und seine Schattenburg ist es auch nicht, denn wir haben euch freiwillig in diese Falle laufen lassen. Niemand hinderte euch daran.«

»Bisher konnten wir uns gut bewegen. Ich habe ähnliche Fälle erlebt, da lockte man mich in eine Festung, die…«

Ein Schrei unterbrach mich.

Ich fuhr herum.

Etwas Schreckliches geschah. Der bärtige Mann aus dem Wohnwagen hatte sich erhoben, stand auf beiden Beinen, hatte den Körper zurückgedreht, die Arme ebenfalls angewinkelt, sie aber leicht angehoben, als wäre er dabei, etwas zur Seite zu schieben.

Vor meinen Augen lief eine tödliche Pantomimenschau ab. Wir sahen die Gefahr nicht, die ihn bedrohte, aber er kam auch nicht gehen sie an, denn der Druck steigerte sich so stark, dass er ihm nicht mehr standhalten konnte, ausrutschte und zu Boden fiel.

Plötzlich lag Morland auf dem Rücken, die Arme noch halb erhoben, die Hände so weggeknickt, dass es aussah, als wollte er ein schweres Gewicht zur Seite oder nach oben drücken, das sich ihm immer mehr entgegensenkte.

Das mussten die Schatten sein, die auch meine Kugel abgelenkt hatten und Sukos Dämonenpeitsche so langsam hatten reagieren lassen. Sie waren unsichtbar, aber sie besaßen die Kraft von irgendwelchen Eisenplatten oder starken Mauern.

Es war schrecklich für mich, mit anzusehen, wie der Mann gegen sein Schicksal ankämpfte.

Ich wollte ihm helfen, aber ich wusste nicht, wo ich anfangen sollte, denn auch die Frau schrie plötzlich auf. Sie beugte sich nach vorn, der Kopf bildete beinahe eine Linie mit dem Rücken, und das unsichtbare Gewicht lagerte auf ihrem Körper.

Er presste sie tiefer.

Sie fiel auf die Knie.

Dann auf den Bauch.

Ihr Schrei erstickte in einem Gurgeln, als ihre Lippen gegen den Boden gepresst wurden.

Ich verspürte auf einmal höllische Angst. Der Schweiß brach mir aus allen Poren, und der Mann im senfgelben Mantel stand da und zeigte mir sein eisiges Lächeln.

Aber es ging weiter.

Suko schrie nicht, er fluchte und stöhnte zugleich, weil es auch ihn erwischt hatte.

Ich sah, dass er zur Seite taumelte, sich noch hielt, dann mit dem rechten Bein ausrutschte, den Halt verlor und sich ebenfalls auf dem Boden wiederfand.

Wenn ich sehr genau hinschaute, konnte ich die Schatten sehen. Sie erinnerten mich an Glas, das einen leicht rauchigen Farbton hatte.

Nur ich stand noch.

Denn ich hatte mein Kreuz!

Ich wollte zu der Frau, um sie zu retten, aber da waren plötzlich die Hindernisse, die mich zwar nicht abhalten konnten, aber so schnell wechselten, dass ich immer wieder von ihnen aufgehalten wurde, wenn ich gegen sie prallte.

So kam ich nur langsam voran, begleitet von den wimmernden Lauten der Gequälten.

Das hier konnte ich nicht gewinnen, es war unmöglich. Immer wieder bauten sich Hindernisse auf. Es war wie ein Spiegellabyrinth auf dem Jahrmarkt. Beinahe hätte ich über den Vergleich sogar gelacht, denn ich dachte daran, dass der Fall praktisch auf dem Jahrmarkt begonnen hatte.

Ich wollte die Richtung beibehalten. Mein Kreuz half mir, denn immer wieder räumte es die Schattenhindernisse zur Seite, aber nur, um einen Moment später vor einem weiteren Hindernis zu stehen.

Es war der perfekt inszenierte Irrsinn, ein dämonisches Labyrinth, aus dem ich nicht herauskam, weil sich immer wieder neue Fallen und Hindernisse aufbauten.

Hin und wieder gelang mir ein Blick auf die gequälten Menschen. Sie waren noch nicht erdrückt worden, aber sie lagen jetzt am Boden. Selbst Suko hatte dem Druck nichts entgegensetzen können. Und sie lagen so, dass mir ihre Gesichter zugewandt waren.

Was ich darin las, ließ mir die Haare zu Berge stehen. Das Grauen, die Angst, die sich immer mehr steigerte, denn sie wussten, dass sie dem fürchterlichen Tod nicht entrinnen konnten, wenn dies hier so weiterging.

Es war schrecklich.

Und der Alte dirigierte. Er weidete sich an meinem verzweifelten Willen, etwas zu verändern und es letztendlich doch nicht zu schaffen. Er sprach mich an und verhöhnte mich zugleich.

»Obgleich in dieser Welt irdische Zeitabläufe gelten, werde ich dir sagen, dass man dir noch eine halbe Minute Zeit gibt, bevor deine Freunde vernichtet werden.«

Eine halbe Minute: 30 Sekunden Grauen und Schrekken, eingefasst in die Gewissheit, es nicht zu schaffen, denn die andere Seite machte mit mir den Affen.

Gab es überhaupt noch eine Chance für mich?

Der Weißbart amüsierte sich. Er genoss es, mich kämpfen und die anderen leiden zu sehen. Mit einer nahezu teuflischen Gelassenheit schaute er zu. Ich hörte Sukos Ruf. Er sagte nur ein Wort, das aber drang tief in meine Seele wie die Schneide eines Schwerts.

»John...«

Ich warf mich vor. Wieder tauchte innerhalb eines Sekundenbruchteils ein Hindernis auf. Ich konnte es nicht genau sehen, nur ahnen. Mein Kreuz räumte es aus dem

Weg. Als beide zusammentrafen, da schien die grau getönte Schattenwand zu explodieren.

Ich kam wieder einen Schritt weiter.

Der Mann aus dem Wohnwagen hatte den Kopf gedreht. Auf mich machte er den Eindruck, als wäre es durch den Druck geschehen.

Wieder ein furchtbares Bild.

Die Frau jammerte nur noch. Sie lag flach auf dem Boden, flacher ging es nicht mehr, und aus ihrer Nase rann ein feiner, dunkelroter Blutstreifen. Die Augen erinnerten mich an übergroße, bleiche Kugeln, in denen sich selbst die Farbe der Pupillen zu blassen Kreisen verändert hatte.

Und dann sah ich noch etwas.

Er war rund, es lag auf dem Boden, und es sah so aus, als gehörte es nicht hierher.

Eine Münze!

Ohne Prägung auf der nach oben gedrehten Fläche, sehr flach, aber ich war plötzlich davon überzeugt, dass die Münze etwas mit dieser grauenhaften Magie zu tun hatte. Denn als ich genauer hinschaute, konnte ich den dünnen Streifen oder Hauch erkennen, der von ihrer Oberfläche aus in die Höhe stieg und sich ausbreitete wie ein Trichter, um in Höhe der Baumkronen zu verlaufen oder sich dort mit der Kugel zu vereinen, wobei dort noch immer das gekrümmte Gesicht des Semerias in die Tiefe blickte. Halb Mensch, halb Tier, schaute er zu.

Die Münze blinkte. Nur sehr schwach, als wollte sie mir zuzwinkern. Ich nahm dies als Verhöhnung und tat so, als würde sie mich nichts angehen.

Sie lag links von mir. Ich aber wandte mich nach rechts, wo ein Schattenhindernis heranrutschte.

Das aber interessierte mich nicht, denn noch in der Bewegung glitt ich zur anderen Seite hin.

Ich fiel zu Boden.

Dabei glaubte ich, einen erschreckten Laut zu hören, den der Weißbärtige ausgestoßen hatte. Dieser Ruf gab mir den nötigen Mut, und ich nahm mein Kreuz in die Hand, drehte es, bemerkte, wie die Kette über meinen Hals schabte, dann presste ich einen Lidschlag später das Kreuz gegen die Münze.

Das war es dann auch!

Plötzlich umtoste mich ein wahnsinniger Sturm. Unter mir flammte es auf, kalte Feuerzungen leckten an mir vorbei, zersprühten, und ich rollte mich zur Seite, um zu sehen, was ich mit meiner Aktion angerichtet hatte...

*

Es war genau das Richtige gewesen!

Die Münze hatte die Verbindung zu Semerias gehalten. Nur durch sie war die Dimensionsinsel innerhalb unserer Zeit entstanden, nur sie hatte die Schattenburg entstehen lassen, doch die Kraft des Kreuzes war in diesem Augenblick stärker gewesen. Die andere Macht war eben zu sehr auf die der Werwölfe fixiert gewesen, und das hatte sich nun furchtbar gerächt.

Diese Welt brach zusammen.

Und die verschwand mit heulenden Lauten während eines gewaltigen Sturmwindes. Sie sauste um mich herum, die Schatten glitten wie Scherben an mir vorbei. Ich sah, dass sie sich auf ein bestimmtes Ziel konzentrierten.

Es war der Weißbärtige.

Sie fuhren von verschiedenen Seiten in seinen Körper hinein, sodass er keine Chance mehr hatte, auch nur einem dieser gefährlichen Schatten auszuweichen.

Er versuchte es zwar und führte dabei makabre Tänze auf wie ein Greenhorn im Wilden Westen, vor dessen Schuhen irgendein Bösewicht in den Boden schießt.

Der Weißhaarige starb einen schrecklichen Tod, denn die Schatten zerschnitten und zerdrückten ihn.

Sie schufen aus seiner Gestalt ein grausames Puzzle, dessen Einzelteile sich nach der Ablösung sofort in Rauch auflösten und wie in einem Kamin nach oben rasten, dem Gesicht des Semerias entgegen, das dünner und dünner wurde und schließlich vollends verschwand.

Und damit war auch der letzte Schatten weg.

Ich befand mich wieder in einem normalen Wald, nicht weit von der Metropole London entfernt.

Mein Gott, tat dieses Wissen gut.

*

Und es ging mir noch besser, als ich erkannte, dass keiner gestorben war.

Sie hatten überlebt, wenn auch mit einigen Verletzungen, aber die ließen sich auskurieren.

Suko fing sich als Erster. Zwar noch krumm und stöhnend kam er zu mir, aber er kam. Ich stand neben Nora

Shane, einer toten Frau mit rötlichblonden Haaren, die auf dem Boden der Lichtung wie eine Puppe lag.

»Machst du dir Vorwürfe, John?«

»Ich weiß nicht.«

»Das brauchst du nicht. Ich glaube, dass ihr Leben schon von Beginn an irgendwie verflucht gewesen ist, wie auch das des Griechen Krystos. Wir haben getan, was wir konnten.«

»Ja, Suko. Und wie so oft fehlte auch hier wieder einmal ein winziges Stückchen, um einen vollen Sieg genießen zu können.«

Er drehte mich herum. »Schau dir die beiden an. Ist das nicht Sieg genug? Sie feiern heute ihren fünfundzwanzigsten Hochzeitstag und haben das Leben geschenkt oder wieder zurückbekommen.«

Ich lächelte. Er hatte so Recht. Die Morlands hockten wie frisch Verliebte im Gras, hielten sich umklammert und schienen die übrige Welt vergessen zu haben.

Schön, dass es auch noch so etwas auf dieser oft so verfluchten Erde gab…